기본소득 시대

006

기본소득 시대

생존 이상의 가치를 꿈꾸다

홍기빈·김공회·윤형중·안병진·백희원 지음

arte

인간성의 파멸을 멈출 변화

홍세화

(장발장은행장·소박한 자유인 대표)

"왜 우유를 안 사?" 세월이 흘러도 뇌리에서 지워지지 않는 장면이 있다. 일곱 살 딸아이가 순진하게 묻던 모습도 그중 하나다. 정치적 미아가 되어 프랑스 파리에 떨어진 우리에겐 우유를 사지 않은 게 아니라 못 산 나날이 있었다. 그때부터, 아니 그 이전부터 내 의식을 지배한 것은 불안이었다. 실체가 뚜렷하지는 않지만 영혼을 무겁게 옥죄는 그 검은 그림자는 나에게서 쉽게 떠나지 않았다. 내가 기본소득 시대가 열리기를 열망하는 것은 무엇보다 기본소득이 수많은 인간존

재들에게 드리워진 불안의 무게를 덜어주리라는 믿음 때문이다. 불안을 완전히 없애줄 수는 없을지라도.

불안은 인간의 영혼을 잠식한다. 불안에 갇히면 어떤 존재가 될 것인지 전망할 여유를 잃는다. "일정한 수입이 있어야 평정심을 가질 수 있다"는 뜻인 "항산(恒産)이 항심(恒心)을 낳는다"는 맹자님 말씀이 이 점과 연관되고, "곳간에서 인심 난다"는 우리 옛말도 마찬가지다. 그러나 "제 코가 석자"인 사회, 불안이 지배하는 한국 사회는 구성원들에게 전인적 인간을 지향하게 하는 대신에 경제적 존재로만 머물게 함으로써 참된 의미의 자유에서 멀어지게 하고 연대와 공존의 가능성에 다가가지 못하게 하고 있다.

에리히 프롬은 『소유냐, 존재냐』에서 '소유적 인간'과 '존재적 인간'을 이렇게 구분했다. "소유적 존재 양식의 인간은 남들과 비교하여 자신이 우월하다는 데에서, 힘을 지니고 있다는 의식에서, 그리고 결국 정복하고 약탈하고 죽일 수 있는 자신의 능력에서 행복을 발견한다. 그러나 존재적 실존양식에서 행복은 사랑하고, 나누며, 베푸는 것에 놓여 있다."

오늘날 한국 사회는 '소유적 인간'들로 넘쳐난다. 소유욕의 포로가 되어 자본 권력에 자발적으로 복종하거나 굴종한다. 자유를 지향하는 인간 본성을 배반하는 것이다. 오늘을 온전히 누리지도 못한다. 미래에 대한 불안과 지나친 소유욕에 의해 오늘을 향유하지 못하는 것이다. 우리가 특히 눈여겨봐야 하는 것은 우리 청소년들의 처지다. 나에게 대한민국은 민주공화국이기보다 금수저들이 대물림하며 기득권을 강화, 유지시켜온 '사회 귀족이 지배하는 나라'다. 우리 헌법 34조의 "인간다운 생활을 할 권리"의 '권리'는 텅 빈 기표에 가깝다. 그리하여, 이 나라에 살고 있는 젊은이들의 직관은 거짓이 아니다. 3포(연애, 결혼, 출산 포기)에서 5포(3포 + 취업, 주택 구입 포기)와 7포(5포 + 인간관계, 희망 포기)를 지나 'n포'의 헬조선이다.

흙수저들은 오직 남다른 교육 자본을 형성하여 좋

은 일자리를 얻어야만 주택, 자녀 교육-양육, 건강 유지, 노후 대비의 불안에서 벗어날 수 있다. 교육 경쟁이 미친 지옥도를 그리게 된 이유가 여기에 있다. 그나마 "개천에서 용 나던" 시절, '고용 많은 고성장'의 시대에는 흙수저도 괜찮은 일자리를 얻어 은수저로의 길이 열려 있었는데, 그런 시대는 '완전고용의 시대'와 함께 종말을 고했다. 그럼에도 서열 경쟁 구조에서 조금이라도 앞쪽을 차지해야 하기에 긴 학창 시절 동안 모두 '오늘을 저당 잡힌 삶'을 살아간다. 대학생이 된 뒤에도 취업을 위해 계속 저당 잡힌 삶을 살아야 한다. 각자 '나'의 오늘에 성실할 수 없고, 그 누구에게도 성실할 수 없다.

이처럼 소유(집착)의 시대에 사람들의 관심은 주로 부의 대물림 쪽에 있다. 부가 대물림된다면 그 반대편에 가난의 대물림이 있다. 가난한 사람들은 어차피 사회적 발언권을 갖지 못하는데, 거의 모든 사람들은 부러움이든 시기든 관심이든 부의 대물림 쪽에 집중한다. 가난과 그 대물림은 사람들의 눈에 잘 보이지 않고, 보려고 애쓰지도 않는다. 시인 김수영의 말처럼, 우리는 작은 일에만 주로 분개한다. 작은 도둑들이 빠짐없이 법망에 걸릴 때 큰 도둑들은 법망도 잘 피하는데 우리가 냉대하고 피하는 쪽은 큰 도둑이 아니라 작은 도둑들이다.

귀국한 뒤 나는 시민단체의 하나인 장발장은행의 대표를 맡고 있다. 이 은행은 범죄를 저질렀는데 징역형을 받을 만큼 죄질이 무겁지 않아 벌금형을 받은 사람들에게서 신청을 받아 신용조회 없이 무이자, 무담보로 벌금을 빌려주는 일을 하고 있다. 벌금형을 받은 사람이 벌금을 못 내면 감옥에 갇혀 강제노역을 해야 하는데, 자유를 빼앗기는 값이 하루 10만 원이다. 예컨대, 3백만 원의 벌금형을 받았는데 내지 못하면 30일 동안 감옥살이를 해야 한다. 자기 수중에 200만~300만 원의 돈이 없고 가족에게서나 친구에게서 빌리기도 어려울 정도로 사회적 관계도 열악하여 몸으로 때우는 사람들……. 그런 처지에 있는 동시대인이 2018년 기준 3만 5,000명에 이르렀다. 대출 신청자의 사연을 접할 때마다 나는 "만약 이들에게 수년 전부터 기본소득이 주어졌다면……"이라는 가정을 해보곤 한다. 그들 중 범죄의 유혹에서 이미 벗어나 있을 사람이 대부분이었다. 기본소득이 있었더라면, 송파구의 세 모녀도 비극적인 선택을 하지 않았을 것이다. 실상 한국은 토지, 금융, 지식재산, 전파, 데이터 등 공유재로 논의를 진전시키지 않고 경제협력개발기구 평균 수준의 조세만 부담해도 당장 월 30만 원의 기본소득 재원 조달이 가능하다. 북유럽 나라들의 수준으로 부담하면 월 50만~60만 원의 기본소득 재원 조달도 가능하다.

그런데 촛불 이후 이 땅에 상륙한 것은 '4차 산업혁명'이다. 4차 산업혁명은 나에게 차라리 조지 오웰의 『1984』나 올더스 헉슬리의 『멋진 신세계』를 돌아보게 한다. 인공지능, 빅데이터, 사물인터넷, 로봇과 3D 프린터 등으로 표현되는 4차 산업혁명은 무엇보다 자본의 집중, 그에 따른 노동의 질적·양적 실추를 가져올 것이다. 디지털 기반의 생산체계가 분리 쪽에서 융합 쪽으로 옮겨 가는데 융합은 집중의 다른 이름이다. 자동화, 정보화, 전산화가 확산되면서 마르크스가 자본에 대한 노동의 중요한 협상 요인으로 보았던 숙련노동이 기계와 컴퓨터, 로봇으로 대체되어온 지 오래다. 이미 줄어든 일반사무직과 제조업 기술자는 앞으로도 계속 줄어들 것이다. 기계나 컴퓨터를 작동시키는 기술은 소수에게만 허용될 수밖에 없는데, 생산 영역과 소비 영역 사이에 엄청난 비대칭성이 있기 때문이다. 한때 화려한 전망이 구가됐던 IT 정보화가 가져온 일자리는 택배 기사와 텔레마케터를 제외하면 무엇이 있는가. 그 반대편에 당대에 억만장자가 된 몇몇 사람을 제외한다면 말이다.

일하지 않는 자 먹지도 말라고? 그러나 먹지 않으면 일할 수 없다. 기본소득을 부정하거나 공격하는 사람들에게 경제학자 가이 스탠딩(Guy Standing)이 『기본소득』에서 소개한 정치경제학자 앨버트 허시먼(Albert O. Hirschman)의 '반동의 수사법' 세 가지 규칙을 들려주고 싶다. 새로운 사회정책 아이디어는 초기에 '불가능성(작동하지 않을 것이다)', '왜곡(의도하지 않은 부정적 결과를 낳을 것이다)', '위험성(다른 목표를 위험에 빠뜨릴 것이다)'의 근거로 공격받는다는 것이다. 20세기 초 실업수당, 1930년대의 가족수당과 노령연금 제도에 대해서도 그랬듯이.

가난의 낙인을 거부하는 것은 기본소득의 특장점 중 빼놓을 수 없는 것이다. 19세기적 사고방식과 결별할 때가 되었다. 가난을 스스로 증명하라고 요구하지 마라. 더구나 가난이 죄인 사회 아닌가.『주홍글씨』의 저자인 19세기 미국 작가 너새니얼 호손은 "온정과 오만은 쌍생아다"라고 했고,『레미제라블』의 작가 빅토르 위고는 "사람들은 온정에 관해 생각할 때 모두 주는 쪽에 서 있다"는 말을 남겼다. 나눔이 개인적인 시혜, 온정, 베풂이라는 사적 영역 안에 머물 때, 그것은 나눔의 대상이 지닌 인간적 자존감을 해칠 수 있다는 사실을 인식해야 한다는 것이다. 동정과 존중은 다르다. 동정은 가난한 사람들을 일시적으로 구제할 수 있지만 수평적인 사회적 연대를 일구어낼 수 없다. 인간존재의 당연한 권리로서 기본소득이 갖는 의미가 소중한 까닭이 여기에 있다.

거친 명제이고 다듬어지지 않은 표현이지만, '소유의 시대'에서 '관계의 시대'로 패러다임을 바꿔야 한다. 소유에 매몰됨이 아니라 새로운 관계 맺기에 대한 성찰이 필요하다. '소유의 시대'의 목표가 '성장'이라면, '관계의 시대'의 목표는 '성숙'이다. 물질의 풍요로움이 아니라 인간관계의 풍요로움과 돈독함을 지향해야 한다. 인간이 자연과 맺어온 관계도 반전이 필요하다. 자연을 소유와 착취 대상으로 보고 계속 훼손한다면 인간의 파멸을 피할 수 없다. 요컨대, 기본소득은 또 하나의 복지 정책이 아니라, 코로나19와 기후 위기로 특징되는 오늘의 세계에 대한, 인간성의 한계와 가

능성에 대한 근원적인 물음으로 연결되는 단초가 되어
야 하는 것이다.

차례

21세기 자본주의의 흐름과
기본소득의 탄생

·

홍기빈

홍기빈

전환사회연구소 공동대표

1987년 서울대학교 경제학과에 입학했고 같은 대학 외교학과 대학원에
진학해 국제 정치경제를 공부하여 석사 학위 논문 「칼 폴라니의
정치경제학―19세기 금본위제를 중심으로」를 썼다. 2009년 토론토
요크 대학교 정치학과에서 조나단 닛잔 교수의 지도 아래 박사과정을
수료하였다. 금융경제연구소 연구위원, 글로벌정치경제연구소 소장을
거쳐 칼폴라니사회경제연구소 소장을 역임한 후 전환사회연구소
공동대표로 활동하고 있다.

저서로 『투자자―국가 직접소송제』『소유는 춤춘다』『자본주의』
『아리스토텔레스, 경제를 말하다』 등이 있으며, 『거대한 전환』『전 세계적
자본주의인가 지역적 계획경제인가』『다수 문명에 대한 사유 외』『자본의
본성에 관하여 외』『권력 자본론』『21세기 기본소득』 등을 우리말로
옮겼다.

우리나라에서 일각에서나마 기본소득 논의가 시작된 것은 대략 십수 년 전이었다고 기억한다. 불과 몇 년 전까지만 해도 사람들 대부분은 이 낯선 정책 이야기를 들으면 '세상에 뭐 그런 게 다 있냐'라는 황당한 표정을 지었던 기억이 생생하다. 하지만 끈질기게 이것을 제기하는 이들이 있었고 또 일부 지자체에서 변형된 모습으로나마 이 이름을 내건 정책들이 시행되기도 하면서 조금씩 사람들에게 익숙해져왔다.

그러다가 이번 코로나19 사태는 기본소득이 우리에게 현실적인 정책으로서 성큼 다가오게 만드는 결정적인 계기였다. 이는 우리나라뿐만 아니라 세계적인 현상이었다. 진보와 보수, 좌파와 우파도 없었다. 그레고리 맨큐와 같은 정통 주류 경제학자뿐만 아니라 전 세계 정치경제 엘리트들의 네트워크인 다보스 포럼에서도 이구동성으로 기본소득이 절실하다는 소리가 터져 나왔고, 스페인을 위시하여 코로나19로 심각한 사회경제적 단절을 겪은 나라들에서는 실제로 시행되기에 이르렀다. 백신과 치료제가 언제 개발될지 누구도 장담할 수 없으며 따라서 코로나19 사태가 최소한 몇 달 안에 끝날 수 있는 것이 아니라는 점은 분명하다. 그렇다면 기본소득 또한 그 기간 동안 지구 곳곳에서 사람들의 입에 회자될 것이며, 코로나19 사태가 종식된 뒤에는 아주 구체적인 현실적 의제로 논의될 가능성이 높다고 본다.

이러한 극적인 변화를 어떻게 설명할 것인가? 이 질문에 대답하는 한 방법으로 우리는 기본소득을 자본주의의 장구한 역사의 맥락 속에 놓고 이해하는 길을 선택할 필요가 있다. 자본주의는 몇백 년간 계속 진화해왔으며, 그 가차 없는 '사탄의 맷돌'*로부터 인간과 사회를 지켜내기 위한 사회정책의 방법도 그에 발맞추어 계속 진화해왔다. 기본소득은 21세기 자본주의라는 새로운 상황에 맞게 새롭게 진화해 나가는 사회정책의 형태라 볼 수 있다.

이 글은 먼저 기본소득의 개념을 정리해보고, 이 것이 자본주의의 역사 속에서 나타난 공공 부조, 사회 보험, 각종 수당 및 서비스 등과는 별개의 논리 구조를 가진 역사적 산물임을 알아볼 것이다. 그리고 21세기 의 상황에서 왜 기본소득이 각광받고 있으며 특히 코 로나19 사태에서 그 장점이 두드러지게 된 배경을 이 야기하고, 향후의 전망을 간단히 살펴보고자 한다.

* 윌리엄 블레이크의 시「저 옛날 그분들의 발자취가(And Did Those Feet in Ancient Time)」에 나오는 표현이으로, 칼 폴라니가『거대한 전환』(홍기빈 옮김, 길, 2009)을 집필하던 당시 산업혁명의 공포를 나 타내는 대중적인 상징이었다.

홍기빈

지금의 사회정책과
기본소득의 차이

'보편적 기본소득(Universal Basic Income, UBI)'이라고 불리는 이 개념은 좌파부터 우파에 이르기까지 다양한 논자들이 존재하며 누구냐에 따라 그 정의와 내용 또한 다종다기하다. 이 글에서는 국제기본소득연구자네트워크(Basic Income Earth Network, BIEN)의 창시자이자 대표적인 이론가라고 할 필리프 판 파레이스(Philippe Van Parijs)의 입장에 의거하여 그 개념을 제시해 보고자 한다(필리프 판 파레이스, 2018). 그가 제시하는 기본소득의 이념은 '모든 이들에게 실질적인 자유를(Real Freedom For All)'이라는 말로 요약할 수 있다. 즉 기본소득은 궁핍에 처한 이들을 사회가 돕는다는 도덕 경제(moral economy)*의 원리를 배경으로 한 공공 부조(public aid)와 분명히 다르며, 수혜 당사자들이 자신들이 미래에 당하게 될 각종 리스크를 공유하기 위해 십시일반으로 기금을 마련하는 사회보험(social insurance)과도 분명히 다른 것이다. 이는 가난한 이들의 고통을 덜어주는 것 혹은 미래의 불안에 집단적으로 대처하는 것 등의 목적이 아니라 말 그대로 '모든 이들에게 실질적 자유를' 확장하는 것을 목표로 하는 새로운 개념의 사회정책 범주이다. 이러한 개념에서 다음의 네 가지의 특징이 도출된다.

첫째, 현금으로 지급되어야 한다. 이는 시설의 직접 서비스나 바우처와 같은 '현물' 형태는 물론 원칙적으로 그 사용 범위가 제한되어 있는 상품권 등의 '증표(token)'들도 배제한다. 이러한 사회복지는 분명히 중요한 의미가 있지만, '실질적 자유'를 제공한다는 점에서는 현금을 따라올 수가 없다. 현금은 수혜자에게 시장경제에서 그 액수에 해당하는 만큼 무엇이든 조달하

---

* 법적·제도적으로 규정된 것이 아니고, 자본주의사회와 같은 이윤 추구 동기에 따라 나타나는 것도 아닌, 도덕적 가치와 행위들을 통하여 유지되는 경제 체제를 말한다.

고 행할 수 있는 자유를 부여하기 때문이다.

둘째, 개인에게 지급되어야 한다. 기존의 사회복지 체계에서도 현금으로 지급되는 각종 수당들이 있지만, 이것이 지급될 때에는 수혜자 개인이 아니라 특히 가구 단위 혹은 가족 단위의 일원으로 여기는 경우가 대부분이며, 지급이 될 때에는 그 가구 혹은 가족의 '수장'으로 여겨지는 개인에게 뭉텅이로 지급될 때가 많다. 또한 우리나라에서 고질적으로 문제가 되는 바와 같이 '부양가족'이 존재하는 한 그 실제의 삶의 양태가 어떠한지와 무관하게 수혜 대상에서 배제되는 일도 많다. 반면 기본소득은 그 지급의 단위를 철저하게 개인으로 삼는다. 그래서 그 개인이 어떠한 가구 형태로 어떠한 가족 관계에서 살아가는지와 무관하게 지급된다. '만인에게' 자유를 보장하는 방법이다.

셋째, 아무 조건 없이 지급되어야 한다. 예를 들어 실업수당의 경우 비록 현금으로 지급되기는 하지만 그 수혜자는 구직 활동을 포기하지 않고 꾸준히 행하고 있음을 증명해야만 한다. 그 밖의 각종 현금 수당들

또한 '무조건적으로' 지급되는 경우는 없으며, 항상 수혜자에게 그 수혜 상태에서 벗어나기 위해 노력한다는 등의 이런저런 의무를 지우게 마련이다. 하지만 '실질적 자유'를 목표로 하는 기본소득은 그러한 조건이나 의무를 지우지 않는다. 설령 그 수혜자가 전혀 일할 의지도 없이 일생 내내 그 기본소득만 타먹으며 바닷가에서 '서핑이나 하는' 한량으로 살아간다고 해도 지급된다.

넷째, 수혜자의 재산이나 소득 상태와 무관하게 모두에게 지급된다. 따라서 공공 부조의 경우에서처럼 수혜자에게 수혜를 받을 '자격'이 있는지를 알아보기 위한 재산 조사(means test) 따위는 필요 없다. '모두에게' 자유를 보장하는 것이 목적이므로, 가난뱅이 예술가에게도 지급되며 삼성의 이재용 씨에게도 지급된다.

이렇게 네 가지의 특징을 나열하고 보니 앞에서 말한 대로 '세상에 뭐 이런 게 다 있나' 하는 황당함을 느낄 이들이 많을 줄 안다. 복지란 정말로 절박한 가난에 처한 이들에 국한하여 주어져야 하며 그것도 그들의 근로 의욕을 줄이지 않는 최소한으로 제한되어야 한다고 믿는 이들의 견해에서 보면 이는 실로 신성모독의 죄악으로 느껴질 것이다. 어떻게 이런 황당무계한 발상의 사회정책이 나오게 되었고 21세기 들어 전 세계 어디라 할 것 없이 가장 많은 토론을 불러일으키는 주제가 되었을까? 여기에서 우리는 자본주의의 역사 속에서 사회정책이 어떻게 등장했는가를 잠깐 살펴볼 필요가 있다.

근대자본주의에 뿌리를 둔 기존 사회정책:
공공 부조, 사회보험, 보편적 수당 및 서비스

사람들이 흔히 '사회복지' 혹은 '사회정책'이라는 용어로 통칭하고 있지만, 그 내부를 들여다보면 공공 부조, 사회보험, 각종 수당 및 서비스라는 세 가지의 다른 요소가 혼재되어 있다는 것을 발견할 수 있다. 이 세 요소는 그 역사적인 기원이나 조직 및 운영의 논리가 상이하며, 그 각각은 자본주의가 역사적으로 발전 혹은 진화하면서 만들어낸 다양한 사회 문제의 맥락 내에서 이해할 수 있다.

공공 부조는 마르크스가 '자본의 본원적 축적' 시기라고 부른 16세기에 나타나기 시작한 것으로서, 국가가 일정한 재산이 있는 자들로부터 세금을 거두어 빈민들을 구제하고 관리한다는 것이다. 자본주의가 출현하기 이전인 중세 유럽에서 가톨릭 교회가 '자선'의 이름으로 행하던 일이며, 이를 명분으로 엄청난 재물을 관리할 수 있었으므로 일종의 특권이었다. 하지만 영국의 '인클로저(enclosures)'*의 경우처럼 사적 소유의 초기 형태가 확립되는 과정에서 생산수단과 완전히 분리되어 살아갈 방법이 막막해져 떼 지어 구걸을 다니는 집단(vagabond)이 엄청난 규모로 생겨나고, 이들의 숫자가 팽창하면서 심각한 사회 안보의 문제로 떠오르게 된다. 따라서 이를 전국적 차원에서 보다 합리적으로 관리하여 사회 안전을 도모하는 것이 막 발생하고 있던 초기 '근대 국가'의 중요한 임무였다. 엘리자베스 여왕 시대의 구빈법(poor laws, 1601)에서 잘 드러나듯이, 이는 국가가 가진 조세 권력을 이용하여 재

---

* 중세 유럽의 공유지에 울타리나 담을 쳐서 사유지임을 명시하던 일. 농민 개인이 공동체적 규제에서 해방되어 개인주의적 농업을 영위하거나, 영주가 농민의 이해를 무시하고 폭력적으로 경지나 공동지에 울타리를 친 것을 말한다. 인클로저를 통해 발생한 몰락 농민들은 공업노동자로서 도시로 이동하게 되고 산업혁명기의 저임금노동자가 되었다고 본다.

산이 있는 이들로부터 빈민들에게로 소득을 이전시키는 '재분배' 정책으로, 어떤 면에서는 '도덕 경제' 개념과도 긴밀히 연결되어 있다.

사회보험은 19세기에 들어와서 영국을 비롯한 유럽과 미국으로 산업자본주의가 급속히 확산되는 가운데, 노동시장에서의 고용과 임금으로 생을 유지하는 '산업 노동계급'이라는 집단이 출현한 것과 관련이 있다. 18세기 말과 19세기 초 영국 사회를 뒤흔들어 놓았던 '구빈법 논쟁'에서 드러나듯이, 기존의 공공 부조 시스템으로는 갑자기 불어난 이 '빈민들(paupers)'**을 도저히 감당할 수가 없었고 결국 1834년에는 구빈법이 사실상 '폐지'되고 만다. 이에 노동시장에서의 고용 불안과 임금의 심한 등락이라는 삶의 조건에 내동댕이쳐진 노동자들, 국가의 공공 부조라는 보호의 틀에서

** 현대의 기준으로 보면 노동시장의 출현으로 생겨난 '산업예비군'이지만 당대인들로서는 이를 이해할 수가 없었으며, 구빈법 폐지에 앞장섰던 토머스 로버트 맬서스(Thomas Robert Malthus)의 주장처럼 '인구가 너무 불어난 결과 먹여 살려야 할 빈민들이 불어난 것'으로 이해되는 경우가 많았다.

배제당한 이들은 그 '리스크'를 해결하는 새로운 방법을 그들 스스로 찾아낸다. 각자 정기적으로 소액의 돈을 납부해 기금을 조성하여 실업 등 삶의 벼랑으로 내몰린 이들을 돕는 것이다. 그 납부의 액수와 돌려받을 수 있는 혜택은 어디까지나 금융의 논리에 입각하여 계산되며, 이는 또 가입한 자들만이 각자에게 할당된 만큼의 의무를 다한 대가로 받는 것이기에 공공 부조와는 완전히 다른 성격의 시스템이 되었다. 처음에는 이런 사회보험은 노동자들 스스로 조성한 일종의 커먼스(commons)였으나 20세기에 들어와 2차 산업혁명이 진행되면서 이것은 '국유화'되어 '복지국가' 시스템의 일부가 되었다. 하지만 스웨덴같이 여전히 실업수당을 노조가 관리하는 곳도 있다. 이 방식이 시작된 지역인 벨기에 겐트(Ghent)의 이름을 따서 '겐트 시스템'이라고 부른다.

앞서 언급한 대로 20세기 중반 이후가 되면 19세기와 같은 '무정부적인' 혼란스러운 자유방임 자본주의는 사라지고 대신 국가와 사회 차원에서 생산과 분배와 소비를 모두 관리하는 이른바 '조직된 자본주의(organized capitalism)'*가 나타나게 된다. 그리고 지속적인 경제성장과 노동시장의 '완전고용' 상태를 유지하는 것이 산업자본주의의 중요한 목적으로 선언된다. 이에 노동시장에서의 '완전고용'이 항시적인 상태로 유지될 수 있도록 노동시장의 '틈새'와 여러 부족한 부분을 보완하는 장치들이 등장하게 되며, 이에 각종 수당(benefit)과 사회 서비스가 폭발적으로 늘어날 뿐만 아니라 북유럽 등의 복지국가에서는 그것이 보편적 성격을 강하게 띠게 된다. 노동시장 진입에 어려움을 겪는 이들을 위한 '청년수당'도 있으며, 미래의 노동계급이 될 아이들을 낳아 기르는 노동자 부모들의 어려움을 덜어주기 위한 '아동수당'도 있다. 또 여성들의 노동시장 참여가 절실할 경우에는 육아의 짐을 덜어줄 어린이집 등의 사회 서비스가 있다. 이 모든 것들은 '잘 기능하는 완전고용의 노동시장'이라는 고도화

* 1924년 독일 사민당의 힐퍼딩(Rudolf Hilferding)이 사용한 명칭이다.

된 산업사회 관리 논리에 기초를 두고 있다.

기본소득은 이 세 가지 형태의 사회복지 정책과는 역사적 기원, 조직 및 운영 원리가 상이한 새로운 형태의 제도이다.

급격한 변화의 시대,
기본소득이 주목받는 이유

기본소득을 최초로 주장했던 인물은 18세기 말 혁명가이자 정치 사상가였던 토머스 페인(Thomas Paine)으로 알려져 있다. 그의 주장은 앞서 언급한 복지 정책의 세 가지와는 전혀 다른 논리에 근거하고 있으니, 그것은 바로 '공유재산의 균등한 분배'였다. 열정적인 민주주의자이자 평등주의자였던 페인은 정치적 불평등의 근원적 원인으로서 대토지 소유 계급과 토지가 없는 다수 빈민의 불평등에 착목하였다. 그리고 자본주의의 사적 소유를 정당화하는 논리들 중 가장 중요한 하나를 제공한 존 로크(John Locke)의 '노동' 개념에 대해 정면으로 반기를 든다. 로크는 인간이 자기의 노동과 토지를 '뒤섞어서(mingle)' 개간했으므로, 그 토지는 노동한 개인의 사적인 소유가 되는 게 자연적이라고 주장했다. 이에 대해 페인은 개간 이전의 '원초적인 토지'는 인간이 만든 것이 아니라고 말했다. 오히려 '그 개인이 땅에 울타리를 치고 '개간'을 해대는 바람에 다른 사람들은 신께서 창조하신 땅을 전혀 사용하지 못하게 되지 않았는가?'라고 반문했다. 페인은 '원초적 토지'는 신의 것이며 따라서 인간 공동체 전체의 '공유재산'이라고 주장하며, 여기에서 나오는 소득은 당연히 그 공동체의 모든 성원—부자이든 빈민이든—에게 똑같이 나누어 주는 게 맞는다는 결론을 내린다.

페인의 '공유재산' 논리는 기본소득의 논리 구조를 이해하는 데에 결정적인 역할을 한다. 앞에서 나열한 기본소득의 네 가지 특징들은 공공 부조, 사회보험, 수당 및 서비스라는 기존의 세 가지 사회복지 제도의 틀에서 보자면 전혀 이해할 수도 정당화할 수도 없는 것들이다. 하지만 '공유재산'이라면 이야기가 완전히 달라진다. 기본소득의 네 가지 특징이 너무나 자연스럽게 도출된다. 모두가 소유한 재산에서 모두의 노력으로 창출된 소득이라면, 모든 개인이 똑같이 나누어

가지는 것 말고 무슨 방법이 있겠는가?

　19세기까지는 자본주의의 생산력이 비약하기 시작한 초기였으므로, 원초적 토지라는 것 말고는 이렇다 할 '공유재산'을 이야기하기 쉽지 않았다. 그래서 19세기 후반의 경제학자 헨리 조지(Henry George)까지도 초점은 주로 토지소유권에 맞추어졌었다. 하지만 20세기에 들어와 2차 산업혁명을 거치며 산업자본주의의 물질적 생산력이 가히 경악할 만한 지경에 도달하자 이야기가 달라진다. 그야말로 '한 줌도 안 되는' 자본가들과 투자자들이 과연 이 어마어마한 부를 다 만들어낸 것인가? 그 부를 만들어내는 데에 집단적으로 달려들었던 대다수의 근로 민중들은 부를 전혀 향유하지 못하고 이루 말로 다할 수 없는 빈곤 상태에 있다는 것이 말이 되는가? 아마존 CEO인 제프 베조스는 이 글을 쓰고 있는 홍모 씨보다 과연 '몇조 배'로 인류에 기여했단 말인가? 이 엄청난 양의 물질적 부는 사실상 인류 전체가 달려들어 함께 만들어낸 '공유재산'으로, 노동자든 자본가든 일부 개인에게 귀속시킬 수 없는 부분이 최소한 절반 이상이라고 보는 게 맞지 않는가?

이러한 인식에 기초하여 1920년대 영국에서 '사회 배당금(social dividend)' 그리고 1960년대 미국에서 '보편적 기본소득'이라는 이름으로 사회 성원 모두에게 일정한 액수의 소득을 보장하는 것이 옳다는 주장이 크게 일어났다. 여기에 참여한 것은 좌파 활동가들만이 아니었다. 우파 좌파를 막론한 쟁쟁한 경제학자들과 정치가들도 이러한 생각에 전면적인 찬동을 표했다(박형준, 2018).

이러한 논의는 21세기의 '4차 산업혁명'이라는 새로운 흐름 속에서 더욱 본격적으로 대두되고 있다. 첫째, 주로 미국 실리콘밸리 등의 혁신 기업가들이 주장하는 논리가 있다. 지금 벌어지고 있는 기술혁신은 19세기 및 20세기와는 달리 새로운 일자리를 창출하기보다는 노동 자체를 소멸시키는 경향을 뚜렷이 가지고 있다는 것이다. 그렇다면 노동의 기회조차 박탈당하는 이들의 숫자가 갈수록 늘어나는 상황에서 이들의 생계를 위한 소득은 어떻게 마련할 것인가? 여기에서 '노동=소득'이라는, 즉 '일하지 않는 자는 먹지도 마라'는 전통적인 경제 윤리는 무너질 수밖에 없다. 따라서 노동 여부와 무관하게 모든 이들의 최소한의 소득을 사회 전체가 책임지는 것이 당연하다는 논리다 (앤드루 양, 2019).

둘째, 이와는 조금 다른 각도에서 '프레카리아트(precariat)'* 즉 불안정 노동자라는 새로운 계급이 출현하였음을 지적하는 논리가 있다. 현재의 기술혁신은 2차 산업혁명 당시 만들어지고 정착한 자본-노동의 관계와는 전혀 다른 종류의 새로운 일자리들을 양산하였다. 종신 고용은커녕 하루 단위로 고용계약이 갱신되고, 고용의 주체도 애매하며, 업무의 성격이나 일하는 사람의 지위도 불확실하기 짝이 없는 상태인데다 심지어 피고용자로 제대로 파악조차 되지 못하는 이들이 폭발적으로 늘어나고 있다. 오늘날의 지배적인

---

* '불안정한(precarious)'과 '프롤레타리아트(proletariat, 무산계급)'를 합친 조어로 저임금·저숙련 노동에 시달리는 불안정 노동계급을 가리키는 신조어이다.

고용 형태로 부상하고 있는 프레카리아트에게는 예전과 같은 완전고용의 노동시장이나 안정된 자본 – 노동관계를 전제로 마련된 사회복지 정책은 사실상 무의미하다. 이러한 조건에서는 유일하게 합당한 사회정책의 형태로 기본소득이 도입될 수밖에 없다는 것이다.

셋째, 이 '소득'과 '생산 능력' 간의 문제가 오늘날의 노동계급에게 벗어날 수 없는 악순환의 고리가 되고 있으며, 이를 깨는 강력한 무기가 기본소득이라는 논리이다. 프레카리아트가 스스로의 상태를 벗어나기 위해서는 자신의 삶의 조건과 생산자로서의 정신적 육체적 역량을 개선할 수 있어야 한다. 하지만 노동시장에서의 소득이 극히 불안정하거나 거의 없는 프레카리아트는 그런 기회를 얻는 것이 사실상 불가능하다. 그 때문에 파편화된 일자리에 묶인 상태를 무한히 되풀이할 수밖에 없다는 것이다. 이 악순환의 고리를 깨기 위해서는 일하는 이가 스스로를 강화시킬 수 있도록 일종의 '활동 자금'이 주어져야 하며, 그래서 기본소득이 필요하다는 것이다.

예측 불가한 재난,
우리가 경험한 기본소득

코로나19 사태는 기본소득 주장에 절실한 필요성과 현실성을 갖게 했다. 코로나19라는 바이러스의 창궐은 사회와 경제의 작동을 누구도 예측하지 못한 정도와 방향으로 교란 혹은 중지시켜버렸기에 그에 대한 대책 또한 기존 상식을 넘어서는 것이 될 수밖에 없었다. 첫째, 이 재난은 전통적인 자본-노동의 고용 관계 바깥에서 발생해, 눈에 보이지 않던 프레카리아트들의 존재를 부각시켰다. 초기에는 경제적 부조의 방법으로 근로소득세 면제나 (4대 보험과 같은) 사회보험 기여금 면제 따위의 방안도 논의가 되었지만 이는 어디까지나 세금 관계로 포착되는 공식적인 노동자들에게나 해당되는 이야기이다. 식당의 아르바이트 노동자, 방과 후 교사, 행사나 강연 등으로 소득을 얻는 프리랜서 등에게는 아무 도움이 될 수 없다. 현 사태에서 더욱 심각하게 타격을 받은 이들은 말할 것도 없이 이들이다. 이들이야말로 실제로 소득이 완전히 소멸해버리는 극단적인 상황에 내몰리게 되었다.

둘째, 코로나19 사태로 인한 사회적 붕괴를 막는 일은 대단히 신속하게 이루어져야 할 긴급성을 가진 일이었다. 당장 근로 활동이 불가능해지고 소득이 0이 되어버린 상태에서 집에 갇혀 있어야 하는 이들은 사실상 극심한 재난에 처한 것과 마찬가지였다. 이들에게 구호를 내어주는 가운데에 재산 조사 등의 '자격 심사' 절차를 이행한다면 대단히 오랜 시간이 걸릴 것이며, 아예 불가능한 일일 수도 있었다. 가령 소득의 순위를 따져서 전체의 하위 70퍼센트에게만 지급한다고 기준을 정할 경우 그 70퍼센트를 어떻게 가려낼 것인가? 2020년 4월 우리나라에서 벌어진 코로나19 경기 부양 대책 논란에서 잘 알 수 있듯이 소득 수준을 정확하게 가려낼 수 있는 자료는 존재하지 않는다. 건강보험이나 종합소득세 등 어떤 데이터를 쓰든 가능한 일이 아니다. 물론 여러 데이터를 병렬적으로 사용하여 최대한 70퍼센트에 근접한 선별 기준을 찾아내는 일이 불가능하지는 않겠지만, 이는 대단히 긴 시간을 요하는 일이며 그 과정에 들어가는 '행정 비용'까지 생각하면 배보다 배꼽이 더 클 가능성이 있다. 따라서 이 긴급성의 문제를 생각하면 재산 조사 등의 자격 심사 없이 무조건적으로 '보편적으로' 지급하는 기본소득의 방법이 큰 적실성을 가졌다.

셋째, 경기 부양의 목적에서 보자면 훨씬 효과적인 측면이 있다. 특히 다수의 경제학자들이 이번 사태에서 기본소득을 지지하고 나온 중요한 이유이기도 했다. 경기를 부양하기 위해서는 총수요가 침체되는 일을 막아야 했다. 이를 위해서는 실질적으로 총수요의 구매력을 창출하기도 해야 하지만, 사람들의 소비 심리를 위축시키는 사회적 분위기의 침체도 막고 오히려 다행증(多幸症, Euphoria)의 분위기를 창출해야 한다. 하지만 돈을 푸는 일은 대단히 복잡하고 어렵다. 경제학자들은 시중에 돈을 푸는 방법으로 흔히 '헬리콥터로 돈을 뿌린다'는 풍유를 사용하지만, 이는 어디까지나 풍유일 뿐 이런 일은 현실적으로 불가능하다. 돈을 내어줄 때에는 반드시 그에 상응하는 반대급부가 있어야 한다는 것은 복식부기의 원리일 뿐만 아니라 자본주의사회에서 화폐의 유통이 운용되는 가장 기본적인 원리이기도 하다. 은행의 지급준비금을 부풀려 주어봐야 자산 시장의 거품만 늘어날 뿐 시중에 대출로 풀리지 않는다. 정부가 재정 사업을 해봐야 관련된 일부 업자들의 배를 불려줄 뿐이다. 기본소득은 그야말로 '헬리콥터'로 뿌리는 것에 제일 가까우면서 동시에 사회 전체의 분위기를 밝고 행복한 쪽으로 반전시키는 확실한 효과가 있었다.

급속히 가까워진 기본소득

백신 혹은 치료제의 개발만이 코로나19 사태를 종식시킬 수 있고, 그 시점은 최소한 2021년 이후가 될 것이라는 게 중론이다. 그렇다면 우한이나 다른 지역에서 이미 나타난 바 있듯이 봉쇄 혹은 강력한 사회적 거리 두기가 시행되었다가, 경제적 고통으로 인하여 어쩔 수 없이 이를 일부 완화하였다가, 이에 다시 두 번째 세 번째 감염의 물결이 나타났다가, 그래서 다시 봉쇄 혹은 강력한 사회적 거리 두기가 시행되었다가…… 하는 등의 주기가 반복되리라는 것이 현재로서는 가장 가능성이 높은 시나리오이다.*

* 중요한 예외로는 개인 차원에서의 방역 수칙 강화와 정부 차원에서의 최소한의 개입을 전제로 일상적 사회경제 생활을 지속하는 스웨덴의 모델이 있지만, 이 모델의 성공 여부는 현시점에서 평가하기 이르다.

홍기빈 **43**

그렇다면 앞에서 본 것과 같은, 기본소득이 필수적일 수밖에 없는 상황도 지속될 것이다. 이미 우리나라에서도 긴급재난지원금 수혜자를 소득 하위 70퍼센트 가구로 제한하자는 기획재정부의 주장이 밀리고 결국 모두에게 지급하는 일이 벌어진 바 있다. 또한 그전에 경기도와 전주시와 같이 명시적으로 '기본소득'의 이름을 걸고 지원이 벌어진 경험이 있다. 이 사태가 장기화된다면 이러한 기본소득의 성격을 가진 지원이 한 번으로 그치는 것이 아니게 될 가능성이 높다.

이는 기본소득 운동의 전진에 있어서 대단히 큰 의미를 갖는다. 몇 년 전까지만 해도 너무나 허황된 헛소리 정도로 치부되던 기본소득을 사람들 모두 골고루 경험했을 뿐만 아니라 이를 실제로 시행할 행정적인 인프라도 마련된 셈이기 때문이다. 사회복지 정책의 전진은 '불퇴전'의 성격을 강하게 띤다. 한 번 전진하게 되면 그 이전으로 돌아가기 힘들다는 뜻이다. 대한민국의 건강보험은 사회보험이기는 하지만 보편적 복지의 성격이 아주 강하며 재분배의 성격도 띠고 있다.

이러한 건강보험을 맛본 한국인들이 미국식 의료 시스템을 선택하게 될 가능성은 대단히 희박하다. 비록 코로나19 사태라는 예외적인 상황이기는 했지만, 대한민국 국민들은 모두가 긴급재난지원금을 신청하고 받아본 경험을 가지게 되었다. 그 과정에서 반대급부가 없이도 사회 구성원 모두에게 일정한 소득이 보장될 수 있고, 되어야 한다는 생각이 보편적으로 확산될 기회를 얻게 되었다.

많은 전문가들은 이번의 코로나19가 마지막 사태가 아닐 것이라고, 즉 이와 비슷하거나 이를 능가하는 전염병 사태가 계속 나타날 가능성이 높다고 전망한다. 얼마 전 호주 산불의 경우처럼, 기후 위기가 진행되면서 전염병 이외에도 정상적인 사회경제 시스템의 작동을 멈추거나 교란시키는 여러 양태의 생태 위기가 나타날 가능성이 낮다고 할 수 없다. 그때마다 다시 긴급한 경기 부양 정책으로 기본소득이 호출되어 나올 것이다. 그리고 그 과정에서 사람들에게 소득이라는 것이 꼭 노동의 반대급부로 주어지는 것은 아니라는 생각이 확산될 것이다. 우리 모두가 자유를 누리기 위해서는 다른 이웃들 모두에게도 최소한의 자유가 반드시 보장되어야 한다. 그러기 위해서는 기본소득이라는 토대를 마련하는 것이 나 자신을 포함한 모두의 실질적 자유를 위해서 반드시 필요한 조건이라는 것을 차츰 이해하게 될 것이다. 이것이 장구한 역사를 가진 자본주의가 21세기 현재에 맞닥뜨리고 있는 역사적 국면이다. 이러한 긴 역사적 시각에서 보자면 지금 기본소득이 적극적으로 논의되고 있는 것은 너무나 자연스러운 일이며, 자본주의의 운명 자체와 무관하게 21세기형의 새로운 산업사회가 형성되는 데에 있어서도 중심축이 될 것이라 전망한다.

참고 문헌

칼 폴라니, 『거대한 전환』, 홍기빈 옮김, 도서출판 길, 2009.

필리프 판 파레이스 외, 『21세기 기본소득』, 홍기빈 옮김, 흐름출판, 2018.

박형준, 「4차 산업혁명과 기본소득의 미래」, 지식공유지대, 2018. (www.ecommons.or.kr)

앤드루 양, 『보통 사람들의 전쟁』, 장용원 옮김, 흐름출판, 2019.

기본소득 논의로 보는
국가의 역할

·

김공회

* 이 글은 「긴급재난지원금은 기본소득의 마중물인가?」(김공회, 2020)의 일부를 새
롭게 정리하여 썼다.

김공회

경상대학교 경제학과 교수, 대통령직속 정책기획위원회 위원

국회에서 보좌관으로 일하면서 경제 현황에 대해 연구하며 정책을
고안했고, 이후 한겨레경제사회연구원(HERI) 연구위원으로 있으면서
다수의 경제 및 경제정책 관련 기사와 칼럼을 썼다.
함께 지은 책으로 『왜 우리는 더 불평등해지는가』, 『정치경제학의
대답』이 있으며, 「1997년 '외환위기' 이후 20년―향후 20년을 위한 회고」
「'촛불정국'의 사회경제적 차원」「복지국가와 조세」 등의 논문을 썼다.

2020년은 한국 '기본소득 정치'의 역사에서 중요한 이정표로 기록될 것이다. 1월에 '기본소득 실현'이라는 단일 이슈에 집중한 기본소득당이 창당됐고, 2월에는 '기본소득 사회로의 전환'을 명시한 시대전환도 출범했다. 이어진 4월 총선에서 이 두 정당은 (다른 정당들과의 '선거 연합'을 통해) 각각 한 명씩의 국회의원(비례대표)을 배출하는 성과를 냈다.

뿐만 아니다. 중도 성향인 더불어민주당의 몇몇 유력 정치인들이 기본소득을 지지하는 것이야 어제오늘의 일이 아니지만, 보수를 표방하는 국민의힘조차 4·15 총선 패배 이후 당의 재건을 책임지고 있는 김종인 비상대책위원장을 중심으로 기본소득 옹호 입장을 세워나가고 있다.

과연 대한민국은 '기본소득 사회'로 전환하고 있는 걸까?

2020년, 중첩된 위기와 기본소득

사회의 전면적인 전환까지는 몰라도, 최근 기본소득의 인기가 빠르게 높아지고 있는 것만큼은 사실이다. 왜 그럴까? 흔히 '4차 산업혁명'을 그 원인으로 지목한다. 지금까지와는 차원이 다른 기계화와 자동화로 일자리 수가 줄어들고 고용 관계도 다변화한다는 것이다. 자본주의 경제에서 대부분의 사람들에게 일자리란 생계의 기반을 의미한다. 소득이 안정적으로 들어와야 삶도 안정적으로 꾸려갈 수 있다. 현재 가속화하는 일자리 환경의 급속한 변화는 바로 그러한 안정성을 위협한다. 2019년 사회적 논란이 되었던 모빌리티 플랫폼 '타다'를 둘러싼 갈등은 우리 정부가 이러한 변화에서 이해 당사자들 간의 의견 조율이나 제도 정비로 대응하는 데 아직은 서툴다는 사실을 보여주기도 했다.

이 와중에 시민들의 불안이 커졌으며, 이들 중 일부는 스스로 대안을 찾아 나섰다. '모두에게 기본적인 삶에 필요한 기본적인 소득을 보장하라!'라는 기본소득론에 이목이 쏠리는 것은 놀랄 일이 아니다.

'일자리 위기' 말고도 2020년 들어 발생한 또 하나의 위기도 기본소득의 인기 상승에 크게 기여했다. 바로 '코로나19'다. 코로나19는 2019년 말에 중국의 한 지역에서 처음 발생이 확인된 뒤 삽시간에 전 지구로 퍼졌다. 백신도 치료제도 없는 정체불명의 이 감염병이 경제활동 위축을 동반한 것은 당연하다. 감염을 피하기 위해 사람들이 할 수 있는 일은 (마스크를 쓰고 손을 씻는 것 외에) 반드시 필요한 경우가 아닌 한 집 밖에 나가지 않는 것이니 말이다. 보통의 경제 위기가 규모가 큰 금융기관이나 대기업의 도산에서 시작되는 것과는 달리, 코로나19발(發) 경제 위기는 우리 주변의 골목상권 침체로부터 시작되었다. 동네 카페에서부터 크고 작은 규모의 여행사나 식당 등에서 노동자들이 줄줄이 잘려나갔다. 도·소매업에서 교육 관련 분야에 이르기까지 고객 응대에 종사하는 노동자들이 특히 피해를 많이 봤다.

이런 초유의 위기에 대처하는 데 기본소득만 한 게 있을까? 실제로 코로나19 위기가 본격화하면서 '재난기본소득' 요구가 힘을 받았고, 마침내 우리 정부는 2020년 4월 23일 전 국민에게 '긴급재난지원금'을 지급한다는 결정을 발표했다. 예기치 못한 재난으로 피해를 입은 국민에게 구호를 제공하는 것은 정부의 통상적인 업무다. 보통 이런 구호는 선별적이다. 피해를 입은 이들에게만, 그리고 피해의 정도에 비례해 지원해주는 게 원칙이다.

그러나 이번엔 달랐다. 코로나19의 피해가 국민 모두에게 무차별적으로 미쳤기 때문이다. 피해의 정도가 천차만별인 것은 사실이나, 개인의 피해 정도를 세세하고 신속하게 파악하는 것은 사실상 불가능에 가깝다. 이런 상황에선 차라리 지급 단계의 절차를 최대한 생략해 차별을 하지 않는 게 나을 수 있다.* 결과적으로 긴급재난지원금은 일련의 논란 끝에 전 국민을 대상으로 한 '보편적 현금(성) 급부'의 성격을 갖게 되었다(이관후, 2020). 공교롭게도 이 성격은 기본소득의 핵심 요건으로서, 기본소득이 실현될 수 있는 여러 요건들 중에서도 가장 구현하기 어려운 축에 속한다. 그러니 긴급재난지원금 자체를 기본소득이라고 하기는 어려워도, 평소 기본소득에 호의적이었던 이들에게 그것이 본격적인 기본소득제 실현을 위한 '마중물' 정도의 의미로 다가갔으리라는 건 충분히 이해할 만한 일이다.

어디 그뿐인가? 긴급재난지원금이 실제로 지급되

---

*'지급 단계'에서 차별을 두지 않는다고 해서 지원의 차등성을 포기한다고 볼 수 없다. 사후적으로 얼마든지 차등성을 확보할 수 있기 때문이고, 사실 코로나19로 인한 피해에는 이런 방식이 보다 효과적일 수 있다. 이를테면 모두에게 똑같이 지원금을 주고 나서 조세제도(소득세 체계)를 통해 회수할 수 있을 텐데, 이 경우 개인마다 2020년의 총소득액에 코로나19로 인한 피해 정도에 따라 회수액이 달라질 것이다.

자 국민들은 열광했고, 이 열광은 쉽게 기본소득에 대한 환호로 이어졌다. 가뜩이나 정체불명의 대유행병 때문에 먹구름을 잔뜩 머금고 있던 우리 사회에 긴급재난지원금은 여유 있는 미소를 선사하며 그 '효능감'을 과시했다. 지원금으로 가족들과 함께 소고기 파티를 했다는 이야기, 모처럼 자기 자신을 위해 책 한 권과 꽃 한 송이를 샀다는 미담이 곳곳에서 들려왔다. 지원금의 효과에 반신반의하던 사람들, 심지어 반대자들까지도 기본소득 지지자로 돌려세우기에 충분했다. 과연 우리 사회는 긴급재난지원금을 시작으로 '일자리 위기'의 파고를 넘어 '기본소득 사회'로 전환할 수 있을까?

4차 산업혁명은 복지국가의 위기인가?

　차분하게 다시 살펴보자. 기본소득이란 무엇인가? 흔히 기본소득은 미래의 위험에 대비한 정책으로 간주된다. 그 위험이란 곧 인구의 대다수가 기본적인 생계의 유지와 욕구의 실현을 위한 최소한의 소득조차 확보하지 못할 수도 있다는 가능성으로, 이는 이미 현실화되고 있다. 보통 자본주의사회에서 인구의 대다수는 자본가에게 고용되어 노동을 행하고, 그 반대급부로써 얻는 임금으로 자신과 가족의 재생산을 책임진다. 기본소득 옹호자들에 따르면 이러한 표준적 모형은 기계화와 자동화의 극단적인 진전으로 일자리가 줄어들고 고용 관계가 다변화하면서 더 이상 작동하지 않게 된다. 긱 이코노미(gig economy)나 플랫폼 노동의 확산이 그 증거다(김공회, 2017).

적정 수준의 소득을 확보하지 못한 개인은 자신의 삶을 정상적으로 영위하지 못한다. 역사적으로 자본주의 체제는 이런 개인을 구제해주는 다양한 제도를 발달시켜왔다. 사후적 구제뿐 아니라 다양한 예방적 정책들도 갖추고 있다. 우리는 이를 뭉뚱그려 복지국가라고 부른다. 기본소득론자들에 따르면 복지국가는 임노동 체제에 입각해 발전해왔기 때문에, '4차 산업혁명'에 따른 일자리 위기는 곧 복지국가의 위기를 의미한다. 요컨대 '4차 산업혁명'으로 통칭되는 경제의 구조 변화는 수많은 개인들을 동시에 삶의 재생산 위기에 처하게 할 뿐만 아니라 평상시였다면 이들을 구제하는 데 나섰을 복지국가의 기반까지도 송두리째 흔든다는 것이다. 결과적으로 위기에 처한 것은 그저 몇몇 개인이 아니라 경제 전체이며, 동시에 사회 전반에 걸친 갈등은 첨예해질 것이다.

이쯤 되면 인구 대다수를 위한 새로운 소득 기반

이 제시되어야 한다. 기본소득은 그 유력한 후보다. 기본소득이란 무엇인가? 한 사회의 모든 개인에게 아무런 조건 없이 정기적으로 지급되는 정액의 현금을 가리킨다. 물론 지급 주체는 정부다. 기본소득론자들은 '모든', '개인', '조건 없이', '정기적으로', '정액의', '현금' 등이 모두 기본소득 개념을 구성하는 중요한 요소라고 주장한다. 이를테면 코로나19에 대응해 한국 정부가 자국 국민에게 지급한 긴급재난지원금은 비록 아무런 조건도 내걸지 않았고 모든 국민을 대상으로 했지만, 그 지급 단위가 개인이 아닌 가구였고 정기적이 아닌 일회성이었다는 점에서 온전한 기본소득이라고 하긴 어렵다. 그러나 이는 개념적으로 그렇다는 것일 뿐, 기본소득론자들 중에서도 모든 조건을 갖춘 이상적인 기본소득이 실제 현실의 정책으로 단번에 도입될 수 있다고 생각하는 사람은 그리 많지 않을 것이다.

왜 사람들에게 기본소득을 나눠주어야 하는가? 단순히 소득이 없으니 주자는 것은 아니다. 4차 산업혁명에 따라 생산에서 노동의 방식과 의의가 달라지고 전통적인 고용 관계가 해체된다고 해도, 사람들은 그 시대에 맞는 일을 할 것이다. 고용되지 않더라도 여전히 그들은 뭔가 가치 있는 활동을 할 것이고, 기본소득은 그런 활동에 대한 보상이라고 할 수 있다. 또한 자본주의 경제는 토지와 같은 자연에 대한 사적 소유를 널리 인정하는데, 때문에 총생산에서 자연이 기여한 부분을 소유자가 독차지한다. 기본소득론은 여기에도 문제를 제기한다. 즉 자연을 인류의 공공 자산으로 간주하고, 자연의 기여분을 세금으로 일부 또는 전부 회수해 기본소득의 재원으로 삼자는 것이다. 요컨대 옹호자들에게 기본소득이란 다른 보통의 '소득'과 마찬가지로 생산적인 활동에 대한 보상이거나 정당한 권리 행사의 결과다. 이렇게 보면 기본소득은 단순히 현재의 지배적인 소득 획득 체제에 위기가 닥쳐 어쩔 수 없이 선택된 대안이 아니라 자본주의의 모순을 일부 바로잡는 진보적 대안이라고도 할 수 있다.

기본소득론자들이 내세우는 기본소득의 진보성은 여기서 그치지 않는다. 기본소득론자들은 전통적인 임노동 체제와 복지국가를 하나의 쌍으로 보고 있다. 그들은 복지국가가 수급자로 하여금 스스로 무능과 가난을 입증하길 요구하고 사회적 낙인을 찍는다고 지적한다. 게다가 현실의 사회 변화에 시의적절하게 대응하지 못해 많은 '구멍'을 가지고 있다고 말한다. 그렇기에 많은 기본소득론자들은 '그럴 바에야 충분한 액수의 기본소득을 모든 개인에게 지급하고, 그들이 자유롭게 자신의 복지를 책임지게끔 하는 게 낫지 않을까?'라는 질문에 긍정적으로 답한다. 다시 말해 기본소득은 기존의 복지국가에 비해 효율적이기도 하고 수급자의 자유와 인권 증진도 도모한다는 것이다.

기본소득 아이디어의
역사적 맥락과 근원적 요구

이상과 같은 기본소득론자들의 주장은 얼마나 타당할까? 그들이 말하는 대로 기본소득은 과연 미래의 대안이 될 수 있을까? 기본소득이 기존의 복지국가를 대체하는 것은 얼마나 가능할까? 이런 질문에 답하는 한 가지 좋은 방법은 기본소득이 그동안 어땠는지를 살펴보는 것이다. 기본소득론의 과거라고? 기본소득을 '미래의 대안'으로만 여기는 사람들에게 그것이 꽤 오랜 역사를 가지고 있다는 사실은 어쩌면 당혹스러울지도 모르겠다.

기본소득론의 기원은 논자에 따라 차이가 있어 고대 그리스까지 소급되기도 한다. 토머스 모어의 『유토피아』(1516)나 후안 루이스 비베스(Juan Luis Vives)의

『빈민구호론』(1526), 영국에서 시행된 일련의 구빈법 (1601) 등에서 기본소득 아이디어의 근간이 되는 요소들을 발견할 수도 있다. 하지만 이때까지는 일반적인 복지나 빈민구호와는 구별되는 기본소득의 윤곽이 명확히 나타나진 않는다.

분화된 기본소득론은 18세기 말엽부터 유럽과 북미에서 동시다발적으로 발생하기 시작한다. 미국 독립의 정당성을 역설한 것으로 유명한 토머스 페인은 그 최초의 논자 가운데 하나다. 그는 『토지 정의』(1796)라는 팸플릿에서 21세가 된 모든 시민에게 정액 15파운드의 현금을 지급하자고 제안했다. 토지는 인류 전체의 공통 자산이므로 거기에서 나오는 가치는 비록 그 대부분이 개인에게 속한다고 해도 적어도 일부는 공동체 구성원 모두에게 동등하게 분배되어야 한다는 근거에서다. 영국의 급진주의자 토머스 스펜스(Thomas Spence)가 「영아들의 권리」(1797)라는 짤막한 글을 통해 즉각 반론을 제기했다. 그에 따르면 모든 토지는

성·연령과 관계없이 모든 거주자를 주주로 하는 주식회사 형태로 교구에 의해 소유되는 게 마땅하며, 토지에서 나오는 지대로 정부의 비용을 충당하는 한편 남는 금액은 모든 거주자들에게 똑같이 분기마다 분배해야 한다고 주장했다(Cunliffe and Erreygers, 2013).

페인과 스펜스의 현실 인식은 별반 다르지 않다. 하지만 스펜스의 제안은 기본소득이라고 볼 수 있는 반면, 특정 연령에 도달한 시민에게 일회성의 현금을 지급한다는 페인의 생각은 기본자산(Basic Capital)론에 가깝다. 이 두 제안은 오늘날에도 서로 경합하는 모습을 볼 수 있는데(액커만 외, 2010)*, 그러한 관계가 이미 18세기 말부터 맺어졌다는 것이 흥미롭다.

페인과 스펜스 이후에 기본소득 또는 기본자산이

* 참고 문헌에서 여러 입장의 특징과 이들 간의 상호 토론을 볼 수 있다. 논의 당사자들은 대체로 양자를 구별하고자 애쓰지만, 이 글에서는 필요한 경우를 제외하고는 둘을 통칭해 '기본소득'이라고 부르겠다.

라고 부를 만한 제안들이 대서양을 사이에 둔 두 대륙 곳곳에서 터져 나왔다. 미국의 급진 사상가이자 단명한 노동자당(Working Men's Party)의 지도자이기도 했던 토머스 스키드모어(Thomas Skidmore)는 해마다 죽은 이의 재산을 그해에 성인이 된 모든 개인에게 똑같이 나눠 주자는 급진적인 주장을 내놓았고(1829), 19세기 중엽 벨기에와 네덜란드를 중심으로 발달한 자유주의-사회주의 성향의 논자들도 비록 대부분 널리 알려지지는 않았지만 다양한 형태의 기본소득 또는 기본자산 안을 가지고 있었다. 기본소득에 보다 가까운 제안으로는, 벨기에 출신의 저술가 조지프 샤를리에(Joseph Charlier)가 내놓은 '보장된 최소치' 개념이 있다. 이는 샤를 푸리에(Charles Fourier)의 초기 사상에 깔려 있던 '사회적 최소치' 개념을 발전시킨 것으로, 샤를리에는 삶의 '절대적 필요'를 충족하는 데 필요한 '보장된 최소치'의 소득을 모든 사회 성원에게 매월 또는 매분기 지급해야 한다고 주장함으로써 오늘날의 기본소득론에 매우 가까운 사례를 제공했다.

기본소득 제안은 20세기 들어와서도 끊이지 않았다. 20세기 초반엔 특히 영국에서 여러 제안들이 쏟아졌다. 수학, 철학, 정치학 등 다방면에서 재능을 보였던 버트런드 러셀(Bertrand Russell)은 그 자체로는 돈을 벌기는 어려워도 공동체에 의해 유용함이 인정되는 노동에 종사하는 이들, 곧 예술가들을 위해 '부랑자(vagabond) 임금'이라는 아이디어를 내놓았다. 데니스 밀너(Dennis Milner)와 버트럼 피카드(Bertram Pickard)는 모든 인간은 '삶의 주된 필수품'에 대한 동등한 권리를 갖는다는 대원칙 아래, 국가는 그들이 '국가 상여금(State Bonus)'이라고 명명했던 생계 수준의 급부를 모든 영국인들이 태어날 때부터 매주 제공하여야 한다고 역설했다. 이들은 아예 이 운동을 위한 단체인 '국가 보너스 연맹(State Bonus League)'까지 결성했다. 비슷한 시기에 클리퍼드 더글러스(Clifford Hugh Douglas)도 사회 신용(Social Credit)론을 내놓았고, 이를 계승한 C. 마셜 해터슬리(Charles Marshall Hattersley)는 모든 시민은 재정 상황이나 고용 여부와 무관하게 '공동체 공통의 문화적 유산'에 대해 동등한 몫을 가지며, 따라서 무조건적으로 기본소득의 권리를 갖는다고 주장하였다. 당대 저명한 학자였던 옥스퍼드 대학교의 G. D. H. 콜(G. D. H. Cole)이나 자유주의 성향의 여성 정치가 줄리엣 리스윌리엄스(Juliet Rhys–Williams) 등도 20세기 초반 '사회적 배당' 내지 '기본소득'의 유력한 옹호자였다.

간략하게 살펴본 기본소득의 역사로 우리가 알 수 있는 것은, 인구 대다수의 삶의 안정성이 크게 흔들릴 때마다 기본소득 요구가 집중적으로 터져 나왔다는 사실이다.

페인과 스펜스가 거의 동시에 각각 기본자산과 기본소득 주장을 내놓았던 18세기 말의 대서양 양안에서는 근대적인 산업화가 처음으로 발달하고 있었다. 흔히 산업화는 '건설'과 '성장'의 과정으로 묘사되지만, 동시에 그것은 '파괴'의 과정이기도 하다. 근대 산업화

기본소득 논의로 보는 국가의 역할

의 가장 맹렬한 비판자인 카를 마르크스가 보기에 산업화는 자신의 몸뚱이 외에는 아무것도 가진 게 없는 대규모 무산자 집단의 형성에서 시작된다. 이들은 이제 기계에 부착된 대규모 인간 부속품이 될 참이다. 산업화 이전에 이들 대부분은 자급자족하는 농민이었다. 이들은 산업화의 흐름 속에서 자신들의 삶과 생산의 기반이었던 토지로부터 한꺼번에, 그리고 폭력적으로 떨어져 나오면서 근대적 프롤레타리아트 집단(인클로저)으로 전락했다. 이렇게 자신의 생산과 삶의 기반, 안정된 소득의 기반을 잃은 사람들이 즉각적으로 국가에게 내놓을 수 있는 요구가 바로 기본소득 또는 기본자산이었던 것이다.

19세기 중반 북프랑스·벨기에·네덜란드의 자유주의-사회주의적 논자들이 맞닥뜨린 현실 또한 마찬가지이다. 18세기 논자들이 삶의 기반을 상실하고 속절없이 떠돌던 동시대의 선량들을 목격했다면, 반세기 뒤의 그 후예들은 저 선량들을 집어삼킬 새로운 괴물의 실체가 점차 뚜렷해지는 것을 보며 대책을 강구해야 했을 것이다. 급속한 산업화와 도시화, 그러니까 산업자본주의가 낳은 새로운 문제인 장시간 노동을 비롯한 살인적인 노동 환경, 저임금, 빈곤, 공중보건, 아동·여성노동, 실업 등이 그것이다. 20세기 초반 영국에서 국가 상여금, 사회 신용, 사회적 배당금 등의 제안들이 쏟아져 나온 배경에도 대규모의 구조적 실업*과 같이 날로 심화하는 자본주의의 모순이 자리하고 있다. 물론 여기에 덧붙여 1차 대전 직후의 혼란, 특히 세계의 정치적·경제적 리더라고 자부했던 영국의 위상 추락 등의 사정도 언급할 수 있겠지만, 이 모든 역사가 자본주의 발전과 무관하지 않다.

---

* 오늘날 실업이란 개인 차원의 문제가 아니다. 그것은 거의 언제나 구조적 문제를 가리킨다. 그래서 그 원인도 게으름 같은 개인의 성격에서 구하는 게 아니라 경제 구조에서 구하는 게 보통이다. 이와 같은 의미의 실업, 곧 구조적 실업은 전적으로 자본주의 발전의 산물이다. 일하지 않고 있는 상태를 일컫는 'Unemployed' 따위의 단어는 꽤 오래전부터 쓰였던 반면 명확한 개념어로서의 'Unemployment'가 널리 쓰인 것은 19세기 말부터였다.

기본소득 제안의 역사적 사례들에서 끌어낼 수 있는 또 하나의 교훈은, 많은 경우에 그러한 제안들은 주어진 현실의 문제들에 대한 상당히 '즉각적'인 반응이었다는 것이다. 즉각적이기 때문에 기본소득 제안에는 (기존의 것을 고수한다는 의미에서) 보수적인 성격도 다분했다. 18세기 말이나 19세기 초반에 정기적인 '소득'보다는 상당액의 일시금(기본자산)에 대한 요구가 상대적으로 컸던 게 그 예다. 빠르게 위력을 더해가는 자본주의의 모순에 정면으로 맞서기보단 과거의 자급자족적인 삶으로 돌아가고자 하는 욕구를 여기서 읽어내기란 어려운 일이 아니다. 19세기 중반 북프랑스와 벨기에, 네덜란드 지역에서 기본소득을 요구했던 이들도 근대 자본주의의 발달 추이에 천착하기보다는 종교(기독교)적 교의에서 논거를 찾았던 것도 비슷하게 볼 수 있다. 당대 진보 진영에 만연했던 이와 같은 경향을 비판하는 것은 마르크스와 엥겔스가『공산당 선언』(1848)을 쓸 때 염두에 두었던 중요한 목적 가운데 하나였다.

자본주의의 발달과 국가의 변모

　그렇다면 위와 같이 여러 시대에 걸쳐 산발적으로 제기되어온 기본소득 주장이 현실에서는 어떻게 받아들여졌는가? 18세기 후반 이후 본격화한 자본주의 체제의 확립 과정은 결코 순탄치 않았다. 특히 인민 대중과 그 지도자들은 자본주의에 다양한 방식으로 저항했는데, 기본소득론은 그중 하나였다. 그러나 이 주장이 다른 대안들에 비해 더 많은 지지를 받았다거나 현실의 발달 추이를 바꿀 정도로 강력했다고 보기는 어려울 것 같다. 이를테면 협동조합 설립을 통해 자립적 경제를 구축하려는 노력이나 노동조합—나아가 정당—을 중심으로 조직된 노동자들의 요구(예: 노동 시간 단축)를 떠올려보라. 하지만 그렇다고 해서 기본소득론이 무의미했다고 결론짓는 것은 성급하다.

기본소득론의 주장대로 자본주의 발달 과정에서 삶의 기반이 파괴된 것은 명백하다. 하지만 그것이 역사적으로 끊임없이 재구축된 것도 사실이다. 어떻게 되었는가? 자본주의 발전 초기에 기본소득론이 주로 문제 삼은 것은 자본주의 이전의 소농적 기반의 해체였다. 자본주의가 본격적으로 발전하기 위해서는 다른 기반이 필요했다. 보편적 임노동 체제가 그것이다. 19세기 내내, 그리고 20세기를 거쳐 지금까지도 임노동 체제는 그 포괄 범위를 빠르게 넓혀나가고 있다. 처음에는 서유럽과 북미가 주무대였지만 자본주의 체제가 특유의 범지구적 성격을 점차 뚜렷하게 드러냄에 따라 세계 각국으로 빠르게 퍼져나갔다. 임노동 체제 안에서 나름대로 안정적으로 소득을 확보할 수 있었던 노동자들은 스스로 조직을 결성함으로써 자신들의 소득 기반을 더욱 공고히 해나갔다. 역설적이게도 자본주의 체제에서는 임금이야말로 '기본소득'이었던 셈이다.

물론 임노동의 보편화는 지난한 과정이었고, 그

보편성은 결코 완결적이지 못했다. 사람들이 임노동 체제에 편입된 정도도 제각각이어서, 많은 이들이 자본주의 특유의 구조적 실업이나 불완전 고용에 내몰려야 했고, 어떤 이들은 그 체제에서 완전히 배제되어 빈곤의 나락으로 떨어지기도 했다. 이러한 문제들은 자본주의가 발달하는 과정에서 완화되기보다는 오히려 심화되었고, 밀너나 피카드 등을 통해 20세기 전반기에 등장한 기본소득 제안은 바로 이러한 문제에 대한 반응이라고 볼 수 있다. 그러나 이번에도 현실에서 실현된 것은 기본소득이 아니었다. 자본주의 심화에 따른 모순과 대결하는 과정에서 우리가 선택해온 것은 복지국가였고, 1942년 영국에서 발간된 비버리지 보고서(Beveridge Report)*는 그러한 의미의 복지국가의 본격적인 출범을 알리는 상징적 지표였다.

---

* 아동수당, 보건 서비스, 고용 유지를 전제로 하여 사회보험과 국가 부조를 구성한 사회보장 계획이다. 영국 사회보장제도 확립의 기초가 되었고, 다른 자본주의 국가들의 사회보장제도 확립에 큰 영향을 주었다.

하지만 이러한 사태 전개를 지금 우리에게 익숙한 '기본소득 대 복지국가'라는 틀로 받아들여 전자에 대한 후자의 승리라는 식으로 역사를 이해할 필요는 없다. 아니, 그래서는 안 된다. 기본적으로 복지국가란 근대 자본주의 형성에 대응하며 재구성된 국가의 경제적 역할이라는 관점에서 파악하는 게 타당하다. 이 국가는 '자본가들의 공동위원회'이기도 하지만, 동시에 대다수 인민의 이해관계를 구현해야 하는 근대적인 공화국이기도 하다. 이렇게 상충하는 의의를 갖게 된 국가는 그 자체로 하나의 (계급)투쟁의 장이며, 복지국가는 그러한 투쟁의 잠정적 결과물이다. 성숙한 자본주의하에서는, 경제와 사회의 안정적 재생산, 특히 임노동 관계의 안정적 재생산을 도모하는 것이 국가의 핵심적 기능이다. 여기엔 임노동 체제에 불완전하게 편입되었거나 편입되지 못한 이들을 적정 수준에서 '관리'하는 것도 포함된다. 오늘날 우리가 살아가는 복지국가는 전에는 없던 것이며, 과거 기본소득의 주요 주창자들이 온전히 알지 못했던 국가의 모습이다. 그렇게 복지국가는 현대 자본주의에서 일반적인 국가 형태로 자리를 잡았다.

긴급재난지원금으로 보는
'한국'이라는 국가

　시간을 돌려 2020년의 한국으로 돌아와보자. 그리고 이 글을 시작하며 언급했던 긴급재난지원금에 대하여 다시 생각해보자. 코로나19 위기에 대응하기 위해 아마도 대한민국 역사상 처음으로 정부가 국민 모두를 대상으로 지급한 현금인 긴급재난지원금은, 과연 우리 사회를 기본소득 사회로 전환시킬 마중물이라고 할 수 있을까?

　이 대목에서, 어떤 나라들이 우리의 긴급재난지원금과 같은 정책을 실시했는지를 살피는 게 유용할 수 있을 것 같다. 2020년 6월 말을 기준으로 우리나라 말고도 코로나19 확산에 대응해 전 국민 대상 현금 지원책을 실시하는 나라들이 있다. 대표적으로 미국과 일본이 있고, 이들보다 먼저 홍콩과 싱가포르가 그런 정책을 시행하기로 결정했다. 어떤 나라들인가? 대체로 어느 정도 '살 만한' 나라들이긴 하다. 그렇다면 이른바 '복지 천국'이라고 일컬어지는 서유럽과 북유럽 나라들은 어떨까? 독일? 프랑스? 스웨덴? 적어도 아직까지는 어느 나라도 보편적 현금 지원책을 쓰지 않고 있다.

이것을 어떻게 이해할 수 있을까? 앞에서도 언급했듯이 일반적으로 복지국가는 임노동 체제를 보조하여 자본주의 경제의 재생산을 보증하는 기능을 한다. 물론 국가로 하여금 그런 역할을 수행하게 할 것인지, 한다면 얼마나 할 것인지 등은 모두 사회 세력들 간의 갈등과 투쟁을 통해 결정된다. 어쨌든 역사적으로 확인된 것은 대체로 임노동 체제와 복지국가의 발달은 함께 진행된다는 점이다. 임노동 체제란 그것을 구성하는 두 축인 자본가계급과 노동자계급 간 관계의 제도화이기도 해서, 임노동 체제가 성숙했다는 것은 곧 양자 관계의 제도화 수준이 높음을 의미한다. 이런 제도를 갖춘 나라에 코로나19와 같은 위기가 닥친다면 어떨까? 무엇보다 그 충격의 상당 정도는 바로 그 제도에 의해 흡수될 것이다. 이런 위기 상황에서 가장 중요한 것은 대다수 국민들에게 최소한의 소득을 보장해 그들이 필수적 소비에서 배제되지 않게 하는 것이다. 자본주의 경제에서 대다수 사람들의 소득은 임노동에서 나온다. 따라서 이런 위기에선 어떤 정부든지 고용 보장을 선포함으로써 노동자들의 소득을 보장할 '경로'를 확보하고자 할 것이다. 그러나 이런 조치의 실효성은 결국 자본가–노동자 관계의 제도화 내지 성숙도에 의존하게 된다. 결국 이번 코로나19 위기에 대응해 발달한 복지국가에서 우리와 같은 보편적 현금 지급 정책을 시행했다는 소식이 들리지 않는 것은 거기에선 그런 정책이 불필요하기 때문일 가능성이 높다는 얘기다.

이렇게 보면, 코로나19 대응 과정에서 요긴한 역할을 했다고 여겨지는 한국식 긴급재난지원금은 이른

바 '선진국' 중에서 복지 제도가 유독 약한 나라가 선택할 수밖에 없는 '고육지책'이었다고 보는 편이 타당해 보인다. 전 국민 대상 보편적 현금 지원책이 시행된 다른 나라들의 면면을 보면 이런 인상은 더욱 굳어진다. 그뿐인가. 최근 유엔개발계획(United Nations Development Programme, UNDP)은 복지 체계가 제대로 갖춰지지 않는 저개발국들로 코로나19가 확산되어감에 따라 해당국들에게 한국의 긴급재난지원금과 같은 보편적 현금 지급책의 시행을 권고하기도 했다(UNDP, 2020). 그렇다면 긴급재난지원금은 본격적인 기본소득 사회로의 이행이 아니라 보다 강력하고 효율적이고 스마트한 복지국가 도입의 필요성을 가리키는 것은 아닐까? 마치 20세기 중반 서구 자본주의사회에서 그랬던 것처럼 말이다.

국가의 존재와 역할을 경시한다는 것은 기본소득론의 가장 큰 약점이다. 지금 우리는 기본소득론이 처음 나타났던 18세기와는 아주 다른 세상에 살고 있다.

어떤 경제체제든지 구성원의 삶의 안정적 재생산을 보증하지 못하면 망한다. 과거의 재생산은 대체로 개인에게 맡겨져 있었다. 그러니 개인에게 일정한 생산의 기반(기본자산)이나 소비의 기반(기본소득)을 주는 것으로 충분했을지도 모른다. 지금은 아니다. 여전히 현대 경제에서도 대다수 사람들은 임금을 소득으로 얻어 이를 시장에서 지출함으로써 자신의 삶을 재생산한다. 그러나 지금의 국가는 과거 그 어느 때보다도 중요한 역할을 하고 있다. 국가는 크게 두 가지 역할을 한다. 삶에 필요한 일부 소비 대상을 직접 공급하기도 하고, 다양한 명목으로 국민에게 현금(성) 이전을 행하기도 한다. 오늘날 발달한 자본주의 나라에서는 개인의 삶의 재생산 중 3분의 1 이상을 국가가 책임지며, 일부 나라에선 절반이 넘는다.

요컨대 현대 경제에서 대다수 사람들의 삶의 기반을 이루는 재생산은 임금소득, 국가의 복지서비스, 공적이전소득 등 크게 세 경로를 통해 이루어진다고 할 수 있다. 대중의 삶의 재생산이 안정적인가 여부는 결국 이 세 요소의 배합의 안정성에 달려 있는 셈이다. 바로 그 안정성이 지금 흔들리고 있다. 오늘 한국 사회에서 이러한 사정을 가장 적극적으로 고발하고 있는 입장이 기본소득론임을 부정할 필요는 없다. 그러나 기본소득론의 문제 제기는 총체성을 결여하고 있다. 기본소득론은 '임금소득'과 관련해서 체념적 태도를 유지하고 있으며, '국가의 복지 서비스'에 대해선 매우 소극적으로만 인정하거나 심지어 부정하기도 하면서 국가의 역할을 거의 전적으로 '공적이전소득'에만 한정하고 있다. 그러니 기본소득론은 오늘날의 주요한 세 가지의 재생산 요소 중 오직 '공적이전소득'에 한정된 독특한 입장으로 상대화되는 게 적절하다. 이 정도의 시야를 가지고는 오늘 우리가 직면하고 있는 경제 문제를 온전히 다룰 수 없다. 우리는 여전히 생산과 고용에 대하여, 국가의 역할에 대하여 심각하게 고민하지 않으면 안 된다. 기본소득론 바깥을 둘러싸고 있는 더 크고 넓은 관점에서 논의가 이루어져야 할 것이다.

참고문헌

김공회,「긴급재난지원금은 기본소득의 마중물인가?」,
《마르크스주의 연구》, 17권 3호, 2020.

김공회,「'4차 산업혁명', 정치경제학적 관점에서 그 실체와 의미」,
《의료와 사회》 6호, 2017.

브루스 액커만 외,『분배의 재구성』너른복지연구모임 옮김,
나눔의집, 2010.

이관후,「긴급재난지원금의 의의와 평가」,《경남발전》150호, 2020.

"Temporary Basic Income to protect the world's poorest
people could slow the surge in COVID-19 cases, says UNDP",
UNDP, 2020. (www.undp.org)

John Cunliffe·Guido Erreygers(Eds.), *The Origins of Universal
Grants*, Houndmills: Palgrave Macmillan, 2013.

기본소득, 한국에서 왜 필요하고
어떻게 가능한가

·

윤형중

윤형중

정책 연구자

제주에 사는 독립 정책 연구자이자 두 아이의 양육자다. 기본소득과
복지 정책, 세금 제도를 연구해 보다 넓고 튼튼한 안전망을 갖춘 사회를
만들고자 한다. 《한겨레》 기자, LAB2050 정책팀장을 지냈다.
저서로 『공약파기』가 있다.

알렉시 드 토크빌(Alexis de Tocqueville)의 발언이라고 알려졌지만, 사실은 철학자 조제프 드 메스트르(Joseph de Maistre)가 남긴 "모든 민주주의 국가에서 사람들은 그들 수준에 맞는 정부를 가진다(Every nation gets the government it deserves)"는 명언이 있다.* 여기엔 두 가지 의미가 내포돼 있다고 본다. 하나는 사람들이 자신들 수준에 맞는 집권자들을 직접 선출했다는 의미고, 다른 하나는 사람들이 참여하는 공론장에서 논의가 이뤄진 수준만큼 정부의 정책이 실행되고 효과를 낸다는 것이다. 후자의 측면에 국한하면 저 발언에 대한 이런 해석도 가능하다. '정책 의제는 제대로 된 논

* 박강수, '[가짜명언 팩트체크] "국민은 자신의 수준에 맞는 정부를 가진다? 선관위도 속은 명언"',《뉴스톱》, 2019. 10. 30.

의가 축적된 만큼 현실과 정합성을 가지고, 사회 문제를 개선할 수 있다.'

한국 사회에서 기본소득이 왜 필요하고, 현실에서 어떻게 실현 가능한지를 논하기 전에 그동안의 논의를 되짚어볼 필요가 있다. 기본소득 역시 제대로 된 논의가 축적된 만큼 현실성을 갖게 되며, 순기능을 발휘할 가능성이 높아지기 때문이다. 논의가 반드시 기본소득 도입으로 이어질 필요는 없다. 충분한 논의 끝에 기본소득을 도입하지 않기로 결론을 내릴 수도 있다. 결국 기본소득을 도입하든 안 하든 제대로 된 논의를 축적해 마침내 우리 사회에 필요한 대안을 찾는 게 중요하다.

한국 사회에서 기본소득에 대한 학술적, 대중적 논의가 본격화된 시기는 2016년부터다. 그해에 여러 분기점이 될 만한 사건들이 있었다. 대표적으로 2016년 3월 구글 딥마인드가 개발한 인공지능 '알파고'와 바둑기사 이세돌의 대국이 있었다. 이 대국에서 알파고는 바둑 세계 최강자인 이세돌을 상대로 네 판을 이기고, 한 판을 졌다. 인공지능의 위력을 실감한 사람들은 미래 사회에서 인간의 일과 생계를 걱정하기 시작했고, 자연스레 기본소득으로 관심이 모아졌다. 그해 6월 5일엔 스위스가 기본소득을 헌법에 명시하는 안건에 대한 국민투표를 실시했고, 그 결과 반대 76.9퍼센트로 부결됐다. 6월 21일엔 당시 야당이었던 더불어민주당의 김종인 대표가 국회 교섭단체 대표 연설에서 "최근 세계적으로 불평등 격차를 해소하는 방법의 하나로 기본소득에 대한 논의가 시작됐다는 것을 주목해야 합니다"라고 발언했다. 7월엔 기본소득지구네트워크의 총회가 서울에서 열렸다. 이외에도 이듬해 핀란드에서 기본소득 실험이 실시될 예정이라는 소식이 국내 언론에 소개됐고, 연말에 기본소득을 집중 조명한 기획 기사와 다큐멘터리 등이 다수 나왔다.*

* 《한겨레21》은 다음카카오의 스토리펀딩 플랫폼을 통해 10월부터 '기본소득 월 135만 원 받으실래요?'라는 프로젝트를 진행했고, SBS는 창사 특집 대기획으로 11월 기본소득을 조명한 다큐멘터리 '수저와 사다리'를 방송했다.

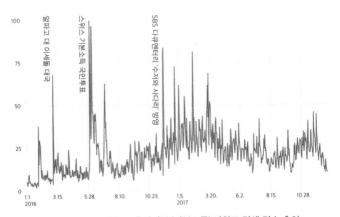

네이버 데이터랩을 통해 살펴본 '기본소득' 키워드 검색 건수 추이
(2016년 1월 ~ 2017년 12월)

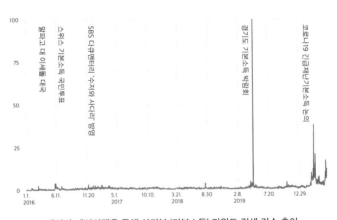

네이버 데이터랩을 통해 살펴본 '기본소득' 키워드 검색 건수 추이
(2016년 1월 ~ 2020년 5월)

2016년 이전에는 기본소득에 대한 논의가 학계에서도 다소 추상적이었다. 당시까지 이뤄진 논쟁의 주제는 기본소득이 '자본주의 체제 변혁에 기여하는가', '노동 윤리를 훼손하는가(하지 않는가)' 등이었고, 2016년 이후에야 기본소득이 '기존 사회보장제도를 구축하는가', '재정적으로 실현 가능한가' 등의 보다 구체적인 논의가 진행됐다.

한국형 기본소득 논의,
진화가 필요하다

한국에서의 기본소득 논의는 주로 찬반 논쟁의 구도로 진행됐다. 하지만 기본소득은 찬반 논쟁으로 충분히 논의되기 어려운 주제다. 기본소득은 지지자들조차 서로 다른 생각과 가치관을 품고 있는 '동상이몽'의 의제이기 때문이다. 보수주의자뿐 아니라 진보주의자도 기본소득을 지지하거나 반대하고, 정부의 역할을 중시하는 이들뿐 아니라 민간의 자율이나 개인의 자유를 중시하는 이들도 기본소득을 찬성하거나 비판한다.

기본소득이 이처럼 이념 지형을 교란하는 이유는 여러 가치관을 담을 수 있는 그릇과 같은 특징이 있기 때문이다. 복지를 대폭 축소하는 우파적 기본소득, 근로와 소득의 연계성을 단절시키는 탈상품화의 수단으로써의 기본소득, 적정 소득과 소비를 유도하는 생태적 기본소득 등은 '기본소득'이란 범주 안에 있지만, 각 정책이 추구하는 가치가 전혀 다르다.

기본소득의 재원을 어디에서 확보하느냐에 따라서도 재정중립적 기본소득(증세 없이 재정 구조조정을 통해 재원을 마련하는 방안), 데이터 사용이나 환경에 부담 주는 행위 등에 과세하는 공유부 기반 기본소득, 증세형 기본소득(이 유형 역시 증세의 방법만큼 다양하다), 통화정책을 활용한 기본소득(현대 화폐 이론과 연계한 아이디어)* 등이 있고, 앞서 제시된 여러 방안들을 선택적으로 조합한 혼합형 기본소득 등의 유형들도 서로 차이가 크다.

---

* 현대 화폐 이론(Modern Monetary Theory)은 주로 일자리 보장론과 연계되었으나, 최근 기본소득과의 연계 논의가 축적되고 있다. 현대 화폐 이론은 경제학 이론 중 하나로, 기축통화국은 정부 부채가 아무리 증가해도 채무불이행에 빠지지 않는다고 보고, 인플레이션을 경계하는 선에서 필요한 만큼 화폐를 발행하고 무제한 재정 정책으로 고용을 증가할 수 있다고 보고 있다.

이런 기본소득의 특징으로 인해 찬반 토론은 자칫 자신의 가치관에 부합하거나 부합하지 않는 일면에 과몰입하는 식으로 진행될 가능성이 높다. 이를테면 보수주의자는 기본소득을 대대적인 복지 축소와 공무원 감축을 수반하는 것으로 간주하고 찬성론을 펼 수 있고, 복지를 중시하는 이는 기본소득과 사회복지가 상충된다고 전제하고 반대편에 설 수 있다. 특히 정직하고 충실한 토론이 이뤄지지 않는다면 자신의 가치관에 부합하거나 부합하지 않는 면모들을 기본소득의 주요 특징이라고 간주한 뒤 이를 지지하거나 비판하는 방식의 논쟁이 이뤄지곤 한다. 따라서 찬성을 하든 반대를 하든 자신의 의견이 어떤 기본소득(론)에 대한 의견인지를 분명히 할 필요가 있다.

장하준 케임브리지 대학교 교수(경제학)는 코로나19의 위기 와중에 한 언론과의 인터뷰에서 "(신자유주의 진영에서) 일단 1만 불이든 나눠 주고, 그 돈에서 개인이 의료 등을 다 알아서 하라는 거예요. 별도의 복지 등은 없어요. 그런 기본소득은 반대"라고 밝혔다.*

"기본소득과 복지국가의 원리는 상충한다"**고 주장하는 양재진 연세대학교 행정학과 교수는 포괄적으로 기본소득을 비판하는 듯하지만, 실제론 기본소득의 일부 특징들에 대한 비판에 집중하고 있다. 그는 복

* 김종철, '"그런 기본소득은 반대다" 복지국가론 장하준이 우려하는 것', 《오마이뉴스》, 2020. 4. 6. 이 인터뷰에서 장하준 교수는 국민소득 대비 복지지출의 비중을 현 10퍼센트 수준에서 더 늘려 '시민권에 기반한 보편적 복지국가'의 길로 가야 한다는 것을 강조하다가, 재난기본소득에 대한 질문이 나오자 우파적 기본소득을 먼저 언급하며 "그런 기본소득은 반대"라고 전제했고, 이어 "기본소득을 아예 엄청 높게 책정해서 1억 원씩이나 주면 모를까, 액수도 크지 않고 젊은이들의 생활을 얼마나 향상시킬지 의문"이라며 "더 중요한 것은 (기본소득이) 자칫 복지 제도 확대의 반대 근거가 될 수도 있다"며 "기본소득에 대해서는 어느 정도 사회가 우선순위를 정해줘야 한다. 과연 사회가 인간적인 삶을 살 만큼 돈을 줄 수 있을까?"라며 조심스러운 반응을 보였다.

** 양재진, '기본소득과 복지국가 원리는 상충한다', 《프레시안》, 2020. 5. 4. 이 칼럼은 양재진 교수가 논문 「기본소득은 미래 사회보장의 대안인가?」(《한국사회정책》25권 1호, 2018)과 저서 『복지의 원리』(한겨레출판, 2020)에서 누차 밝힌 주장을 정리한 것이다. 양 교수는 증세를 전제한 뒤 기본소득이 복지국가의 주된 정책들에 비해 '가성비'가 떨어지고, 기존의 사각지대는 복지 강화를 통해 메울 수 있다고 주장한다.

지국가와 기본소득을 자동차 보험에 비유하며 기본소득을 "사고가 나지 않았어도 모든 사람에게 매달 보상금을 나눠주자는 논리"로 간주하고 "(그렇게 하고 나면) 현실적으로 보험회사는 사고가 났을 때 충분한 보상을 해줄 수가 없다"고 주장했다. 기본소득과 복지국가가 공존하는 상황도 이 칼럼에서 묘사됐다. 그는 "사고 보상금(복지국가)도 종전처럼 그대로 다 주고, 여기에 사고가 안 난 사람에게도 매월 기본 보상금(기본소득)을 나눠줄 수도 있겠다. 그러나 그러자면, 자동차 보험료를 크게 올릴 수밖에 없다"고 밝혔고, '보험료를 올리는 것'은 불가능하다며 "결국에는 기본소득을 주기 위해 사고 보상금(복지 정책)을 줄이거나, 아니면 회사채를 발행해서 영업 적자를 메우는 수밖에 없을 것이다. 이것이 필자가 기본소득으론 복지국가를 발전시킬 수 없다고 단언하는 이유"라고 밝혔다. 양 교수가 비판하는 기본소득은 지원이 필요한 이들과 필요하지 않은 이들을 가리지 않고 '모두에게 현금을 뿌리는 정책'일 뿐이고, 기본소득이 세금과 재정 측면의 개혁에 미치는 영향, 기본소득을 위해 새로 마련할 수 있는 재원 등에 대한 고려가 대부분 빠져 있다. 기본소득의 재원 마련 방법 중의 하나인 국토보유세가 현실적이지 않다고 비판하는 대목에서 "(기본소득은) 국민에게 현금 쥐여 주고, 눈에 보이지 않는 공공서비스를 축소하고 국채를 발행하는 식으로 대응하게 될 것"이라고만 언급했을 뿐이다. 반면 그는 복지국가의 주요 원리나 보완점 등을 언급할 때는 증세를 전제로 말하고 있다.

이처럼 주요 비판론만 살펴봐도 기본소득 논의가 제대로 이뤄지려면 단순한 찬반 논쟁의 구도에서 한 걸음 더 나아갈 필요가 있다는 것을 실감하게 된다. 그때 필요한 질문이 '무엇을 위한 기본소득인가', '어떤 기본소득인가', '더 나은 대안이 있는가' 등이다. 찬반 토론을 하더라도 이 질문들을 포괄해야 보다 생산적인 논의가 가능하다.

어떤 사회를 위한 기본소득인가:
한국과 핀란드의 차이점

기본소득의 목적이 무엇인가는 사회마다 다를 수밖에 없다. 각 사회가 처한 상황이 다르기 때문이다. 기본소득이 필요한 이유와 논의되는 맥락이 각 사회마다 다르다는 것을 여실히 보여줬던 의제가 '핀란드 기본소득 실험'이었다.

핀란드 중도당(centre party)의 정치인 유하 시필레(Juha Sipilä)는 중도 우파 연립정부를 구성하며 2015년 5월에 집권했고, 이듬해 총리로서 전 세계적으로 주목을 받은 기본소득 실험을 실시하겠다고 발표했다. 핀란드 사회보험청(KELA)이 2017년부터 만 2년간 진행한 기본소득 실험은 2019년 2월 예비 결과가 발표됐고, 2020년 5월 최종 결과 보고서가 나왔다. 결과 발표에서 주로 다뤘던 부분은 기본소득의 '고용 효과'였다. 1차 년도 고용 효과를 발표한 예비 결과에선 실험 집단의 연간 평균 노동일수가 49.64일로 대조 집단의 49.25일보다 약간 많았지만, 통계적으로 의미 있는 차이라고 보기 어렵다는 평가가 나왔다.*

핀란드 기본소득 실험의 최종 결과에선 노동일수의 차이가 더 커졌다. 2018년 기준으로 기본소득 수급자의 연간 평균 노동일수가 대조군에 비해 6.34일이 많았다. 이 숫자기 의미 있는 수준인지 여부를 두고는 해석하기 나름이지만, 핀란드 헬싱키 대학교 헤이키 힐라모(Heikki Hiilamo) 교수는 임금이 낮은 집단에 한정하면 대조군과 실험군의 노동일수의 차이는 없다며 기본소득의 고용 효과는 실망스럽다고 평가하기

---

* Olli Kangas·Signe Jauhiainen·Miska Simanainen·Minna Ylikännö(Eds.), 「The basic income experiment 2017–2018 in Finland: Preliminary results」, Ministry of Social Affairs and Health(Helsinki), 2019. 2. 8. 보고서의 구성만 봐도 실험의 목적이 무엇인지가 분명하다. 보고서는 1장 실험 소개, 2장 실험 1차 년도 고용 효과, 3장 기본소득 실험의 웰빙 효과, 4장 요약 등으로 구성되어 있다.(julkaisut.valtioneuvosto.fi)

도 했다.* 또한 실험군과 대조군의 노동일수 차이도 온전히 기본소득의 효과로 평가하기 어려운 외부 요인이 존재했다. 핀란드에선 2018년 1월 1일부터 '고용 활성화 모델'이라는 정책을 시행해 구직활동 여부를 입증하지 않으면 기초실업급여를 일부 삭감하는 제도가 도입됐다. 이 정책은 기본소득을 지급 받지 않는 대조군(기초실업급여 수급자)이 이전보다 더 구직에 나서게 했고, 기본소득 수급자는 다른 복지 혜택을 유지시키기 위해 구직에 나서게 한 효과가 있었다. 따라서 실험으로서 기본소득의 고용 효과를 온전히 파악하기는 어려웠다.**

---

* Heikki Hiilamo, 「The basic income experiment in Finland yields surprising results」, 《Researcher's View》, University of Helsinki, 2020. 5. 7.

** "Results of Finland's basic income experiment: small employment effects, better perceived economic security and mental wellbeing", KELA, 2020. 5. 6.

핀란드 기본소득 실험 결과:
작은 고용효과들, 경제적 안정과 정신적 웰빙이 더 나아짐

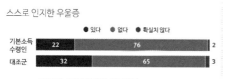

* 설문조사는 2018년 말경에 실시되었다.
기본소득실험 결과들은 2018년 초 활성화 모델 도입으로 인해 해석하기가 까다로워졌다.

핀란드 사회보험청(KELA)에서 조사한 기본소득 실험이 고용과 우울증에 미친 영향
(기본소득한국네트워크)

핀란드 기본소득 실험 결과는 발표 직후 전 세계 언론의 주목을 받았고, 대부분 기본소득이 고용 부문에 있어 큰 효과가 없다는 측면이 주로 다뤄졌다. 이는 당초 핀란드 기본소득 실험의 목적, 그중에서도 특히 핀란드 중도 우파 정부가 자국의 사회보장 체계를 바라보는 시각과 관련이 깊다. 1차 보고서에서 이 실험의 목적 부분에 "시필레 정부는 사회보장 체계를 일자리와 노동의 변화 양상에 맞게 변화시키고, 근로 유인을 강화하며 관료제와 복잡한 행정 시스템의 영향을 덜 받는 방향으로 개혁하고자 했다"고 명시했고, 이 실험도 그 개혁 방향과 같은 선상에 있었다. 또한 구체적이고도 "직접적인 실험의 목표로는 소득과 고용의 관계에 있어 기본소득의 영향을 살펴보는 것"이었다. 이런 실험의 목적은 실험군인 기본소득 수급자와 대비되는 비수급자 대조군 집단의 특징에서도 드러난다. 대조군은 기존에 기초실업급여(basic unemployment allowance)와 노동시장 보조금(labour market subsidy)의 수급자였다. 심지어 금액 차이도 거의 없었다. 실험군이 받는 기본소득 금액은 비과세 소득인 월 560유로로, 이는 대조군의 기초실업급여액 월 696.6유로에서 20퍼센트의 원천징수 세금을 제한 금액과 거의 비슷했다. 차이가 있다면 기본소득은 다른 급여나 보조금과 달리 취업이나 소득 여부에 따라 감액되거나 수급 자격을 박탈하지 않았다는 점이다.

핀란드 기본소득 실험은 그 결과보단 맥락을 살펴봐야 더 정확히 이해할 수 있다. 핀란드는 2018년 기준 국내총생산(GDP) 대비 공공사회지출의 비중이 28.7퍼센트로 OECD 국가들 사이에서 세 번째로 높다.* 한국은 이 비중이 11.1퍼센트에 불과하다. 사회보장기여금을 합한 총조세 대비 국내총생산의 비율을 나타내는 총조세부담률 역시 2018년 기준 핀란드는 OECD 국가들 가운데 다섯 번째인 42.7퍼센트인데 반해 한국은 28.4퍼센트에 불과하다.** 핀란드는 복지 지출의 비중과 조세 부담이 큰 나라로 중도 우파 연립정권이던 시필레 정부는 복지 지출을 줄이는 동시에 실업자들이 노동시장에 적극 참여하도록 유도하는 수단으로 기본소득에 주목했다. 복지가 상대적으로 충분한

* www.oecd.org/social/expenditure.htm
** OECD가 만든 웹페이지에서 연도별로 각국의 총조세부담률, GDP 대비 사회보장기여금의 비율, 재화와 서비스에 부과되는 조세의 비율 등을 조회할 수 있다.(www1.compareyourcountry.org)

국가가 기본소득을 바라보는 시각인 셈이다.

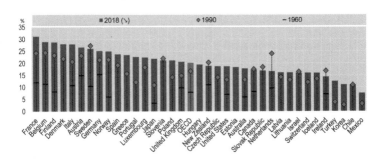

1960년, 1990년, 2018년의 국내총생산 대비 공공사회지출 비중

　핀란드 실험은 일반적으로 논의되는 기본소득의 목적과도 거리가 있다. 기본소득은 대개 근로 유인을 낮출 것이란 비판을 받았고, 논쟁 또한 그 영향이 큰지 혹은 크지 않은지를 두고 벌어졌다. 이에 대해 사람이 일을 하는 이유가 '돈'만은 아니기 때문에, 혹은 기본소득으로 충분한 소득을 보장하기 어렵기 때문에 근로 유인이 떨어질 가능성이 낮다는 반론이 나오지만, 생계를 유지하기 위해 어쩔 수 없이 억지로 일을 하는 많

은 이들에겐 분명 소득 보장은 탈노동을 부추긴다. 그게 더 나은 역량을 갖춰 자신의 시장소득(연봉)을 높이기 위한 일시적인 탈노동이라 할지라도 말이다. 복지에 의존해 경제활동의 유인이 떨어질 수 있는 소수의 취약계층을 제외하면 대다수 국가에서 기본소득이 미치는 영향으로 가장 중요하게 여기는 반작용은 '얼마나 근로 유인을 낮출 것인가'이다. 하지만 핀란드 실험은 거꾸로 기본소득으로 인한 근로 유인을 높일 수 있는지를 검증하기 위해 추진됐다. 대조군이 무수급자가 아닌 다른 복지의 수급자였기 때문이다. 우리가 이 핀란드의 기본소득 실험에서 얻을 수 있는 교훈은 각국마다 기본소득이 논의되는 배경이 명백히 다르다는 것이다. 각국마다 시급한 사회 문제가 상이하듯, 기본소득이 어떤 의미를 갖고 어떤 형태로 구현될 수 있을지 또한 다르게 논의되어야 한다는 점이다.

핀란드에선 복지의 축소 및 효율화, 근로 유인 증대 등의 맥락에서 기본소득이 논의됐다면, 한국 사회에선 복지 확대와 증세, 기존 복지와 시장경제와의 병행 가능성 등의 목적으로 검토할 필요가 있다. 앞서 살펴봤듯 한국은 저부담(낮은 조세부담율), 저복지(GDP 대비 사회복지지출 비중) 사회인 데다, 기존 복지와 대립하는 구도로 기본소득을 바라보는 이들이 상당수고, 기본소득을 포함해 분배를 지향하는 모든 정책은 경제의 활력을 떨어뜨려 모두가 더 가난해질 것이란 뿌리 깊은 우려가 여전하기 때문이다.

불평등을 해소할
현실적인 기본소득 방안을 찾아서

오래된 담론인 기본소득이 최근에 부상하는 이유
는 크게 두 가지다. 하나는 불평등이 심화되고 있는 데
다 다른 어떤 수단으로도 불평등을 개선시킬 수 없었
다는 점이다. 또 다른 이유는 인공지능 등 일자리를 사
라지게 할 우려가 있는 기술의 발달이다. 2019년 미
국의 민주당 대선 경선에 나섰던 앤드루 양(Andrew M.
Yang)이 후자의 이유를 강조한 대표적 인물이다. 한국
도 이 우려가 큰 국가 중 하나이다. 한국의 산업용 로
봇 밀도는 2018년까지 8년 연속 세계 1위였다가 2019
년에 싱가포르에 밀린 세계 2위를 기록했다. 자동화
가 가속화되면서 제조업의 고용유발계수*는 1995년

* 취업유발계수라고도 하며, 10억 원의 재화를 산출할 때 직·간접적으로
  창출되는 고용자 수를 뜻한다.

20.77명/10억 원에서 2010년 5.44명/10억 원, 2017년 4.81명/10억 원으로 하락 추세다. 하지만 2000년대 이후 꾸준히 오르고 있는 고용률(취업자수/만 15~64세 인구)과 주요 국가들에 비해 낮은 수준인 실업률(실업자수/경제활동인구) 등 다른 자료와 함께 살펴본 통계는 아직 기술로 인한 일자리 대체를 확신하기엔 이르다. 또한 일자리 소멸이 현실에 큰 영향을 미치기 시작할 때 대응을 해도 된다.

결국 기본소득이 현실화되려면 오늘의 문제인 불평등을 다루는 데 효과적인 정책인지를 증명해야 한다. 이는 기본소득의 기능적인 특징과도 관련이 깊다. 기능에만 집중해서 본다면 기본소득은 세금과 재정으로 기존의 시장 소득을 조정하는 재분배의 수단일 뿐이다. 특히 기존의 복지 체계와는 다르게 미리 똑같은 금액을 모두에게 지급한 다음 시장소득을 과세해 재원을 확보하기 때문에 사후적 재분배라기보단 사전 분배의 성격도 지니고 있다. 그런데 사전 분배든 사후 재분배든 기존 시장의 분배를 재조정하는 것이란 점에서는 동일하다.

기본소득처럼 새로운 분배 체계를 고려해야 하는 배경은 기존 정책의 재분배 효과가 미진하기 때문이다. 대표적인 분배 지표인 지니계수를 살펴보자. 세금이나 사회보험 등을 적용하기 전인 시장소득 기준으로 따지면 한국의 경우 이 시표가 2015년 0.396, 2016년 0.402, 2017년 0.406으로 OECD 국가들 가운데 상당히 양호하다. 2017년 기준으로 캐나다(0.438), 핀란드(0.512), 프랑스(0.519), 독일(0.5), 그리스(0.528), 이스라엘(0.437), 이탈리아(0.516), 노르웨이(0.429), 폴란드(0.447), 스페인(0.507), 스웨덴(0.434), 영국(0.506), 미국(0.505) 등보다도 한국의 지니계수가 낮다. 하지만 세금과 공적이전지출 등을 적용한 균등화 가처분소득 기준으론 한국의 지니계수가 0.355로 앞서 시장소득 격차가 컸던 국가들인 캐나다(0.31), 핀란드(0.266), 프랑스(0.292), 독일(0.289), 그리스(0.319), 이스라엘(0.344),

이탈리아(0.334), 노르웨이(0.262), 폴란드(0.275), 스페인(0.333), 스웨덴(0.282) 보다 크다. 가처분소득 기준으로 한국보다 지니계수가 높은 국가는 영국(0.357), 미국(0.39)뿐이다.* 그만큼 한국의 재분배 체계가 제 역할을 못 하고 있다는 의미다.

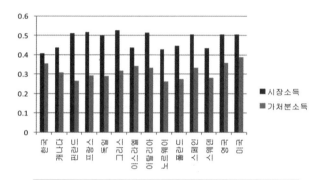

OECD 각국의 지니계수 (2017년 기준)

* stats.oecd.org/Index.aspx?DataSetCode=IDD

일각에서는 기본소득의 재분배 효과가 미약하다고 주장하지만, 이 역시 기본소득의 일면인 '지급' 측면만 봤기 때문이다. 기본소득은 기능적으로 세금과 재정을 통한 분배의 재조정이기 때문에 누구에게 거두는가에 따라 재분배 효과가 달라진다. 이를테면 저소득층 대상의 복지를 폐지해 확보한 재원으로 실시하는 기본소득은 기본소득 비판론자들이 우려하는 대로 가난한 사람들을 더 가난하게 만든다. 선별적으로 나눴던 재원을 모두에게 지급하면 기존 수급자는 더 적게 받을 수밖에 없기 때문이다. 반면 부자에게만 증세해 확보한 재원만으로 실시하는 기본소득은 강력한 재분배 효과를 지닌다. 이는 경제적으로 보다 평등한 사회를 만드는 확실한 방법이지만, 세금의 부담자와 복지의 수혜자가 분리되는 현상이 더 심해지는 단점이 있고, 증세나 복지 확대에 대한 고소득층, 기득권층의 저항이 높을 가능성이 높다.

모두에게 누진적으로 세금을 더 거두어 실시하는 기본소득의 경우 재분배 효과는 '세금의 누진도'와 비례한다. 따라서 기본소득 목적세*를 누진적으로 설계하거나, 기존의 세제를 누진적으로 개혁해 확보한 재원으로 기본소득을 실시하면 상당한 재분배 효과를 기대할 수 있다. 특정한 사회적 목적을 강조한 과세 체계를 도입할 수도 있다. 토지에 과세해 마련한 재원으로 기본소득을 실시하면 지대 불로소득으로 인한 자산 격차를 완화할 수 있다. 데이터나 로봇에 과세하는 방안도 있다. 이는 재화와 서비스의 생산수단이 바뀌고 있는 지금, 경제의 질적 전환을 고려한 재분배 방안이고, 환경에 부담을 주는 행위에 과세하는 대안은 기후 위기에 대응하는 성격이 강하다.

기본소득이 나름의 재분배 효과가 있다는 것을 이해한 뒤에도 의문이 남을 수 있다. 기본소득보다 재분배 효과가 우월한 다른 방안들이 많기 때문이다. 증세

---

* 특정 경비를 충당하기 위하여 과징되는 조세로, 일반세와 달리 목적이 달성되면 폐기한다. 사용 용도가 명백하나 개설 당시에 지정한 특정 목적 외에는 사용할 수 없다.

가 가능하다는 것을 전제한다면 기본소득보단 기존의 사회보험, 공공 부조, 사회 서비스 등을 확대하는 것이 동일 재원 대비 재분배 효과가 크다. 재분배 효과가 떨어짐에도 불구하고 기본소득은 '사각지대의 완전 해소'가 가능하기에 다른 복지 정책보다 더 나은 대안이라고 볼 수도 있다. 하지만 이 역시 복지 정책의 일면에 몰입한 시각이다.

복지 사각지대가 발생하는 이유는 다양하지만, 그 가운데 중요한 이유가 예산의 제약이다. 따라서 증세로 사각지대의 상당한 부분을 해소할 수 있다. 반면 증세에도 불구하고 선별적 복지에는 사각지대가 일정 부분 계속 존재할 수밖에 없는 근본적인 한계도 있다. 무조건적인 복지가 아닌 이상 수혜 대상을 선별해야 하고, 이를 위한 기준이 지나치게 관대할 경우 수급의 공정성 시비가 불거지고 재원의 불안정성이 커지기 때문이다. 예를 들어 현행 고용보험을 개편해 소득이 있는 모든 사람들이 고용보험에 가입하여 반드시 실업 상태가 아니더라도 소득 상실 시에 구직급여를 받는다고 가정하면, 스스로 소득을 유예해 일시적 소득 중단 상태를 만드는 사람도 구직급여를 지급받을 우려가 있다. 그렇다면 이런 문제를 방지하기 위해 스스로 소득을 유예할 수 있는 직종, 계층, 직위 등을 선별하는 기준을 마련해야 하는데 그것이 쉽지 않고, 제도를 운영하면서 지급 대상을 심사해 걸러내는 것도 어렵다. 즉 기존 복지 체계를 개혁하는 방안으로는 사각지대를 완전히 없애긴 어렵다. 그렇다고 사각지대 때문에 기존 복지를 대체해 기본소득을 지급하면 기존 복지 수급자의 상황은 더욱 열악해질 수 있다. 이처럼 많은 경우 정책은 양자택일의 문제가 아니고, 기본소득이 만병통치약이 아닌 것처럼 다른 복지 정책도 모든 문제의 해법일 순 없다. 결국 사회와의 정합성이 높은 정책 대안을 만드는 방법은 각 정책의 한계를 명확히 인식한 뒤에 여러 정책의 장점들을 조합하는 것이다.

한국형 기본소득을
가능하게 할 토대

　　한국 사회는 여러 면에서 복지 수요가 급증하고 있고, 구조적으로 불평등이 심화되고 있으며 사회의 지속 가능성이 훼손되고 있다. 하지만 사회 구조를 바꿀 선제적 대응은 커녕 이미 악화되고 있는 상황에 대응하는 수준의 정책을 내지도 못하고 있는 형국이다. 궁극적으로 세금의 규모를 늘리는 속도가 사회 변화에 비해 지체되고 있다. 이는 정치, 세금, 복지 등에 대한 뿌리 깊은 불신 때문이다. 하지만 기존 복지 정책과 비교해 기본소득에 대한 증세 여론은 사뭇 다르다. 기본소득은 증세에 대한 새로운 인식을 주고, 기존에도 필요했던 세제 개혁의 동력을 제공하는 장점이 있다. 민간정책연구소 'LAB2050'이 2019년 5월 한국리서치에 의뢰해 지역별, 성별, 연령별, 학력별, 직업별 비례

할당 추출로 구성한 성인 1,000명에게 기본소득제 인식 조사를 실시했다. '기본소득제 도입에 필요한 재원 마련을 위해서 증세를 해야 한다면 기본소득제 도입에 찬성하시겠습니까? 반대하시겠습니까?'라고 물어본 결과 매우 찬성이 9.1퍼센트, 대체로 찬성이 35.3퍼센트로 찬성 쪽이 44.4퍼센트였다. 이는 앞서 그냥 '기본소득제를 찬성하십니까'를 물었을 때의 찬성률인 57.5퍼센트보다 낮았지만, 증세에 대한 부정적인 여론을 감안하면 반대에 압도되는 수준은 아니었다. 하지만 같은 사람들에게 '우리나라의 복지 예산을 늘리기 위해 국민들로부터 세금을 더 걷어야 한다고 보십니까, 또는 더 걷지 말아야 한다고 보십니까'란 질문을 던진 결과 찬성이 36.9퍼센트에 그쳤고, 반대가 63.1퍼센트였다. 기본소득을 통한 증세가 전폭적인 지지를 얻는 것은 아니더라도, 복지 정책에 비해 증세에 우호적이라는 것을 해당 설문 조사를 통해 확인할 수 있다.

여론뿐 아니라 원리상으로도 기본소득은 증세의

유용한 수단이다. 정치적으로 증세가 가능하려면 투표를 통해 다수의 선택을 받아야 한다. 기본소득은 지금까지 제시된 대부분의 정책 모델에서 다수를 경제적 순 수혜자로 만든다. 누진적 세제 개혁이든, 정률 목적세 신설이든, 자산에 대한 조세 체계 도입이든 간에 받는 기본소득보다 내야 하는 세금이 더 많은 계층은 소수에 국한된다. 필자가 소득 세제 개편, 재정 구조조정 등을 통해 설계한 LAB2050의 국민기본소득제 모델에선 2021년 추정 통합 소득 통계 중 상위 27퍼센트 소득 수준인 연 4,700만 원 이하의 개인들은 기본소득이 실시될 경우 순 수혜자가 된다. 가구 소득이 2인 9,400만 원, 3인 1억 4,100만 원, 4인 1억 8,800만 원 이하면 받는 기본소득이 더 많도록 설계됐다. 이처럼 기본소득은 복지 혜택의 범위를 넓히는 기획이다.

더 나아가 중산층을 저소득층과 같은 배에 태우는 정치적 기획이다. 기존 복지 정책들은 취약계층이나 복지 수요가 절실한 이들을 선별해 지원하는 만큼 복지 비용의 부담자와 수혜자를 분리시키고, 이는 조세 저항으로 이어져 복지의 규모를 늘리는 데 장애 요인으로 작동하기 쉽다. 스웨덴의 발테르 코르피(Walter Korpi)와 요아킴 팔메(Joakim Palme) 교수가 1980년대의 유럽 11개국 자료를 통해 1998년에 제시한 개념인 '재분배의 역설'에 따르면, 저소득층에만 복지를 집중할수록 소득재분배와 빈곤 완화 효과가 상대적으로 낮았고, 보편적인 복지 정책을 시행한 국가들에서 재분배 효과가 오히려 큰 것으로 나타났다. 결국 중산층이 복지 수혜자가 돼야 증세가 가능해지고, 이를 통한 복지 총량이 늘어나 소득재분배 효과로 이어진다. 기본소득은 중산층을 복지 동맹에 참여시키는 유용한 수단이다.

기본소득은 효율적인 세제 개편을 가능하게 한다. 증세를 위해 세율을 인상하거나 새로운 세목을 신설하는 것은 적지 않은 정치적 논란과 지난한 과정을 감수해야 한다. 하지만 기존에 역진적이었던 세금 제도를 개선하는 것은 최소한 명분 면에선 다른 증세 방안보단 유리하다. 대표적인 역진적 세금 제도들은 (예를 들어 '연말정산' 같은) 소득 세제 내의 다양한 공제 항목들이다. 인적공제, 신용카드 등의 소비지출액 공제, 보장성 보험공제 등 모든 소득공제 항목들은 고소득자에게 유리하다. 공제로 감액된 금액에 적용되는 세율이 고소득자가 더 높기 때문이다. 세금 제도가 공정하려면 기본적으로 소득이 많을수록 높은 세율이 적용되는 수직적 형평성을 지녀야 하지만, 소득 세제 내의 공제 제도들은 거꾸로 누진성을 훼손한다. 게다가 1999년에 '4년간의 한시법'으로 도입된 신용카드 소득공제 제도가 9차례 연장되며 2022년까지 존치되는 상황만 봐도 아무리 역진적인 세금 제도라고 하더라도 폐지하는 것은 쉽지 않다. 특히 세금을 환급해주는 공제 제도의 경우는 개개인에게 현금을 돌려주는 체험을 선사하기 때문에 '나보다 고소득자가 더 많이 환급받는다', '가난한 사람들에게 불리한 세금 제도가 된다' 등의 명분은 힘을 잃는다. 하지만 역진적인 세금 제도를 폐지해 확보한 재원으로 모두에게 나누면 기존에 혜택을 누리던 일부 고소득층을 제외한 대다수가 이전보다 이득을 얻는다. 세금을 내는 대다수에게 "모두가 환급을 안 받으면 이전보다 더 많은 환급(기본소득)을 받을 수 있다"고 설득할 수 있는 것이다. 문제가 있는 제도를 없애는 방법은 그냥 "나쁘다"고 비판하는 것이 아니라, 이 제도가 폐지되어 발생하는 유익한 변화를 사람들이 체감하게 하는 것이 아닐까. 그런 면에서 기본소득은 역진적 세제의 폐지를 유도하고, 결과적으로 증세를 촉진하는 유용한 수단이다.

기본소득은 재정 지출에 있어 대대적인 구조조정을 유도할 수 있다. 기본소득은 전 국민에게 1인당 월 10만 원씩 적은 금액을 지급하더라도 연 60조 원에 달하는 재정이 소요된다. 월 20만 원, 월 30만 원으로 늘리면 소요 재원은 120조 원, 180조 원으로 증가한다. 워낙 많은 재원이 소요되기 때문에 기존 재정 지출을 돌아보고, 구조조정을 하는 계기를 제공한다. 원칙 없이 구조조정을 할 경우 기존 복지 수급자의 소득이 줄

어드는 부작용이 발생할 수 있으니, 어떤 기본소득인
지를 분명히 하고, 지향하는 가치를 반영한 원칙을 세
워야 한다. 한국 사회의 불평등과 복지의 수준, 조세부
담률 등을 감안하면 기초생활보장 대상자 등 취약계층
의 복지를 축소시키거나 공공성이 강한 영역인 의료,
보건, 보육, 교육 분야의 공공서비스를 축소시키는 것
도 바람직하지 않다. 어쩌면 기존의 재정 중에서도 특
정한 목적하에 개설되고 운영되었던 특별회계와 기금
의 당시 설치 목적을 현재의 시점으로 다시 돌아보고,
개혁하는 것은 기본소득 도입이 아니더라도 언젠가는
필요한 개혁이다. 이를테면 유류세로 불리는 교통·에
너지·환경세* 80퍼센트는 교통시설특별회계로 전입된

---

* 교통·에너지·환경세는 1993년 도로·도시철도 등 교통시설의 확충 및
  대중교통 육성이라는 특정한 목적하에 징수되었던 '교통세'에서 시작
  되었다. 현재는 에너지 및 자원 관련 사업, 환경의 보전과 개선을 위한
  목적으로 징수되고 있으나, 배분 현황을 보면 교통시설 확충 및 유지
  관리 80퍼센트, 환경 개선 15퍼센트, 그 외 목적으로 5퍼센트를 사용
  하고 있는 실정으로 기후 위기 등 변화하는 시대에 닥친 현실적인 문
  제에 대응하지 못하고 있다는 비판을 받고 있다.

다. 이 특별회계의 규모가 2018년에 세출 기준 18조 2,470억 원이었고, 그중 다 쓰지 못하고 공공자금관리기금에 예탁된 규모는 2018년에만 6조 3,782억 원이었다. 교통시설특별회계법상 도로, 철도, 공항, 항만 등의 확충과 관리를 위해 사용하도록 한정돼 있다. 이렇듯 이 지갑의 수입과 지출 균형이 맞지 않는다는 점이다. 수입은 화석연료 사용량에 비례하는 반면 지출의 수요는 일정하지 않다. 게다가 이미 상당한 도로와 공항 등을 구축한 한국 사회는 이 재원을 매년 다 쓰기가 쉽지 않고, 꼭 필요하다면 특별회계가 아닌 정부의 일반회계로 예산을 편성해 국회 심의를 받아 만들면 된다. 무엇보다 이 특별회계의 재원을 근본적으로 재검토할 필요도 있다. 화석연료 사용에 과세해 조성한 재원으로 도로를 더 만드는 것이 지금 사회에 맞는 정책일까. 도로를 더 만들면 화석연료 사용은 계속 증가하고, 환경은 더욱 훼손된다. 탄소 배출을 규제하고 줄이는 국제 흐름과도 맞지 않다. 오히려 화석연료에서 과세한 재원은 환경을 개선하는 쪽에 쓰는 것이 시대에 맞는 정책이다. 혹은 화석연료는 본래 과거 생명체의 퇴적물로 현세대의 누구도 여기에 기여한 바가 없다는 사실에 따라, 누구의 것도 아닌 공공 자산으로 보고 여기에 과세한 금액을 모두에게 분배해야 한다는 논리를 도출할 수 있다. 이외에도 이미 공공 자산이라고 볼 수 있는 것들 중에는 주파수, 공해(公海), 공역(空域), 자연환경 등이 있고, 이들의 사용이나 훼손에 관한 권리를 수익화한다면 그 재원은 특정한 이해관계보다 모두를 위해 사용하는 것이 바람직하다.

코로나19로 열린 정책의 창과 기본소득

코로나19라는 전염병의 대유행은 역설적으로 한국 사회에 누적되었던 문제들에 대응하는 정책들이 빠르게 제시되고, 활발히 논의되는 '정책의 창'을 열어젖혔다.* 그 정책의 창에서 기본소득, 전 국민 고용보험, 안심소득 등 한 번도 공론장의 주역이 되어본 적이 없었던 전향적인 정책들이 주요 의제로 등장했다. 이 세 의제는 구체적 정책이 나오지 않은 상황에서 방향과

---

* John W. Kingdon, "The Policy Window, and Joining the Streams", *Agendas, Alternatives, and Public Policies*, Longman, 2011. Kingdon에 따르면 정책의 창(policy window)이란 '해결책을 제안하거나 특정 문제에 주의를 끌 수 있는 옹호의 기회'라고 정의했다. 그가 제안한 다중흐름모형에 따르면 '강력한 문제나 정치적인 사건에 의해, 문제의 흐름, 정책 대안의 흐름, 정치의 흐름이 하나로 모이게 되는 결합이 이뤄지고, 이때 정책의 창이 짧은 시간 열린다'고 주장했다.

목표만 먼저 제시됐다는 공통점도 있다.

2020년 5월 사상 처음으로 전 국민에게 정부가 직접적인 현금(혹은 지역상품권, 선불카드, 카드포인트 등의 거래수단)을 지급한 '긴급재난지원금'은 우리 사회에 '기본소득' 논의를 촉발시켰다. 이 지원금은 당초 '재난기본소득' 논의에서 비롯됐고, 기본소득의 핵심 요건인 무조건성, 보편성 등을 충족해 '유사 기본소득'의 체험을 사람들에게 제공했다. 또 이 지원금의 지급 대상이 확정되기까지 '선별 지급이냐, 보편 지급이냐'는 논쟁뿐 아니라 '선별 지급이냐, 보편 지급한 다음 과세를 통한 선별 환수냐'라는 논의까지 따라왔고, 선별 환수가 현실화되진 않았지만 결국 정부의 복지 재원이 선별적인 과세를 통해 마련되고 있다는 것을 알린 셈이 됐다.

기본소득이 대중의 관심을 모은 의제였다면, 행정부와 입법부가 보다 진지하게 코로나19 시대의 대안으로 논의한 정책 의제는 '전 국민 고용보험'이다. 일부 복지론자들이 기본소득과 경쟁할 의제로 전 국민 고용보험을 주장했지만, 이 의제는 기존 한국 사회의 구조적 문제에 밀접한 대안으로 제기되고 논의된 맥락 자체가 기본소득의 맥락과는 다르다. 고용보험을 비롯해 국민연금, 산업재해 보험 등 사회보험은 오히려 실업, 육아, 노후, 재해 등으로 인한 소득 중단의 위험이 높은 비정규직, 파견직, 영세업체 정규직, 특수고용직 등의 가입율이 저조하고, 오히려 이런 위험이 낮은 고소득 정규직 노동자의 가입율이 높은 '역진적 선별성'의 문제가 오랜 기간 지적됐다.* 이런 상황에서 비정규직의 사회보험 가입률을 높이고, 특수고용직의 사회보험 가입 근거를 마련하겠다는 정책을 공약화한 주체는 문재인 정부뿐 아니라 그 이전의 이명박, 박근혜 정부 등 보수 정권도 예외가 아니었다. 이처럼 고용보험의 확대는 기본소득과 달리 이미 논쟁적 사안이 아니다. 토론이 필요한 부분은 고용보험의 적용 대상을 어느 범위까지 확대할지에 대한 것뿐이다. 굳이 시급성을 따

* 윤홍식, 「역진적 선별성의 지속과 확장성의 제약, 2008~2016: 이명박·박근혜 정부시기 한국복지체제의 특성」, 《한국사회정책》 25권 4호, 2018.

지자면 고용보험의 '역진적 선별성'의 문제를 해소하는 것이 기본소득의 시행보다 더 급하다. 그리고 실현 가능성도 높다. 전 국민 고용보험과 기본소득이 서로 대립하는 구도로 논의가 진행된 탓에 '기본소득의 기본 속성이 복지국가의 원리와 상충한다'는 주장이 힘을 얻고 있지만, 앞서 살펴봤듯 복지 정책과의 관계는 '무엇을 위한 기본소득인가', '어떤 기본소득인가' 등 기본소득이 논의되는 사회의 상황에 따라 달라진다. 무엇보다 기본소득론자 중에선 복지를 대폭 구조조정하는 기본소득을 주장하는 이가 희박하다. 전 세계 기본소득 연구자와 활동가들의 모임인 기본소득지구네트워크(BIEN) 등이 일관되게 제시한 방향도 복지와 병행 발전하는 기본소득이다. 2016년 서울에서 열린 기본소득지구네트워크의 총회에서 "우리는 사회 서비스나 수당을 대체하는 것이 상대적으로 불리한 계층, 취약계층, 또는 중저소득층의 처지를 악화시킬 경우 그러한 대체를 반대한다"는 결의를 통과시킨 맥락도 마찬가지였다.

안심소득은 기본소득이 공론장의 주요 의제가 되자, 보수 진영에서 대응하는 성격으로 제시한 소득 보장 정책이다. 안심소득을 처음 주장한 이들은 재원을 명확히 하진 않았지만, 이 정책이 밀튼 프리드먼(Milton Friedman)이 제시했던 음의 소득세(negative income tax)의 일종이라고 소개하고 있다.* 밀턴 프리드먼이 『자본주의와 자유』(1962) 등의 저작을 통해 제시한 음의 소득세는 손익분기점을 기점으로 그보다 소득이 많은 경우엔 플러스 세율이 적용돼 세금이 부과되고, 분기점보다 적은 소득에는 마이너스 세율이 매겨져 지원금을 받을 수 있게 하자는 주장이다. 기본소득과 마찬가지로 음의 소득세는 복지 수급자인 최저소득계층의 소득에 백 퍼센트의 한계 세율을 매기는 기존 최저소득보장정책과 분명한 차이가 있다. 또한 설계에 따라 다를 수 있지만, 기존의 최저생계보장정책보다 광범위하고 큰 규모의 소득 지원이 가능하다는 특징도 있다. 몇

* 박기성, 변양규, 「안심소득제의 효과」, 《노동경제논집》 40권 3호, 2017.

몇 특수한 조건을 부여하면 음의 소득세는 기본소득과 동일한 효과가 있도록 여러 계층의 소득을 조정할 수 있으나, 기본소득은 사전에 분배한 뒤에 경제활동을 하는 반면에 음의 소득세는 경제활동의 결과인 시장 소득을 사후에 재분배한다는 결정적인 차이가 존재한다.

지금까지의 논의를 종합하면 현실의 공론장에서 기본소득과 안심소득, 전 국민 고용보험은 서로 경합하는 의제처럼 논의됐다. 하지만 세 의제는 모두 더 넓고 든든한 안전망이란 공통의 목표를 향하고 있다. 또한 세 의제 모두 큰 방향만 제시됐을 뿐, 구체적인 정책안들을 설계해 충분히 논의했다고 보기는 어렵다. 따라서 각 정책이 지닌 장점과 한계를 명확히 인식하고, 때로는 각 정책의 특징들을 선택적으로 취합해 구체적인 논의를 이끌고 갈 필요가 있다. 앞서 밝혔듯 정책 의제는 제대로 된 논의가 축적된 만큼 현실과 정합성을 가지고, 사회 문제를 개선할 수 있기 때문이다.

미국 뉴딜 정신으로 보는
기본소득의 세 가지 방향

·

안병진

안병진
미국 정치 및 정치커뮤니케이션 전문가

서강대학교 사회학과와 서울대학교 대학원 정치학과를 졸업하고,
미국 뉴스쿨 대학원에서 미국 대통령의 가치와 커뮤니케이션 연구로
박사학위와 함께 한나 아렌트상을 받았다. 뉴욕 시립 대학교에서 미국
정치를 가르치다 귀국한 뒤 경희사이버대학교 부총장 겸 미국학과 교수와
경희대학교 미래문명원장을 거쳐 미래문명원 교수로 있다. KBS·SBS·YTN
등 주요 방송 매체에서 미국 정치 논평 패널과,《한겨레》《경향신문》
《코리아헤럴드》에서 칼럼니스트로 활동했으며, 비영리 사회운동단체인
'지구와 사람' 학술위원장 및 '나눔문화' 이사로 재직 중이다.
저서로 『마이크로 소프틱스』『노무현과 클린턴의 탄핵 정치학』『민주화
이후 민주주의와 보수주의 위기의 뿌리』『다시 정의의 길로 비틀거리며
가다』『미국의 주인이 바뀐다』『예정된 위기』『트럼프, 붕괴를 완성하다』
등이 있다.

코로나19는 근대 문명의 선도적 모델이라는 미국 사회의 안전망이 얼마나 취약한지를 드러냈다. 사실 이미 그 전에도 미국 사회 안전망의 취약함은 전 세계적으로 드러난 바 있다. 과거 2005년 허리케인 카트리나 재난 당시 미국의 저널리스트 마이클 다이슨은 '마치 〈폼페이: 최후의 날〉을 연상시킨다'고 절규했다.* 왜냐하면 과거 고대 시절 전차를 소유한 귀족처럼 오늘날 자가용을 소유한 중산층 계급들은 일찍부터 안전하게 탈출한 반면 주로 흑인이 다수인 저소득층은 피해를 고스란히 떠안았기 때문이다. 필자가 코로나19 사태 초기에 잠시 뉴욕에 머물렀을 때 과거 카트리나의 악몽이 다시 머리에 떠올랐다. 이미 SUV 자가용을

* Michael Eric Dyson, *Come Hell or High Water*, Civitas Books, 2007.

타고 주변 별장으로 피신한 중산층 이상 계급과 불가 피하게 생계를 이어가는 나머지 계급들의 묘한 대비가 눈앞에 펼쳐졌기 때문이다. 과연 이토록 분명한 계급 분리의 장벽 앞에서 미국을 동등한 권리를 가진 하나의 시민 공동체라고 부를 수 있을까? 회의적이다.

사회 안전망의 결핍과 각자도생의 현실 속에서 보편적 기본소득 아이디어는 미국과 거리가 먼 유럽식 사회민주주의 국가의 이야기처럼 들린다. 미국 예외주의로 널리 알려진 것처럼 미국은 유럽의 정치 지형과 비교하면 상대적으로 보수적이다. 버니 샌더스(Bernie Sanders) 후보가 등장하기 전까지만 해도 유럽과 달리 사회주의는 미국 주류 정치 담론에서 사라진 단어였다. 그래서 유럽식 진보 비전을 선호하는 제러미 리프킨(Jeremy Rifkin)과 같은 석학은 이미 오래전 아메리칸 드림의 종말과 유러피안 드림을 주장하기도 했다(제러미 리프킨, 2005).

하지만 이러한 미국도 기본소득처럼 각자도생이 아닌 모든 시민의 보편 권리를 인정하는 아이디어의 실현 문턱까지 갔었다는 사실을 많은 이들이 잊고 있다. 미국은 이미 설립 초기부터 꾸준히 기본소득의 아이디어가 초당적으로 논의되어왔다. 예를 들어 미국 혁명의 선언문이라 할 수 있는 『상식론』의 저자인 토머스 페인은 시민 공동체의 '공유재산'으로 토지를 상정하고 이를 통해 창출된 기금으로 보편적 기본소득을 주창했다. 그는 오늘날 미국에 만연하는 존 로크류의 '소유적 개인주의'와 달리 "자선이 아니라 권리이며, 베풂이 아니라 정의"로서의 시민공동체 개인의 권리를 주장했다(필리프 판 파레이스 외, 2018). 이후 이러한 공유재산과 기본소득의 아이디어는 휴이 롱(Huey Long), 로버트 시어벌드(Robert Theobald), 마틴 루서 킹(Martin Luther King) 등이 주도한 진보주의 운동의 흐름에 면면히 이어졌다. 진보주의가 절정에 달한 뉴딜 시기에는 '모든 시민의 품위 있는 삶의 권리'를 헌법의 2차 권리장전으로 구현할 가치 어젠다로 검토되었다. 심지어 리처드 닉슨(Richard Nixon) 공화당 대통령은 1968년 대선에서 승리한 후 기본소득을 집권 후

가장 중요한 어젠다로 상정했다. 뤼트허르 브레흐만 (Rutger Bregman)은 만약 닉슨이 초기에 열정을 가지고 추진했던 이 법안이 통과되었다면 4인 가정에 연간 1,600달러(2016년 가치로 1만 달러)를 지급해 미국은 빈곤 퇴치 전쟁에서 승리하는 데 성큼 다가섰을 것이라고 매우 아쉬워하기도 했다(뤼트허르 브레흐만, 2017).

이러한 맥락에서 나의 질문은 다음과 같다. 성공 직전까지 간 기본소득 아이디어는 도대체 왜 좌초되었는가? 그후 기본소득이 수십 년간 주류 정치의 테이블에 오르지 못한 이유는 무엇인가? 그럼 최근에 이 기본소득이 다시 주류 어젠다의 일부로 파고들어오는 이유는 무엇인가? 왜 아직 리버럴의 주류 세력들은 기본소득 아이디어에 대해 유보적인가? 과연 이 아이디어는 리버럴 주류들의 회의감을 뚫고 미래에 영향력을 가질 수 있을까? 이러한 질문들이 오늘날 한국의 부상하는 기본소득 논쟁에 던지는 함의는 무엇인가?

이미 다양한 기본소득의 역사와 논쟁에 대한 문헌들은 많이 나와 있다. 하지만 위의 질문들에 집중하여 살펴보는 노력은 실천적 의미가 있다. 왜냐하면 현재 한국에서도 미국 1960년대처럼 보수에서 진보에 이르기까지 다양한 스펙트럼의 기본소득 아이디어가 백가쟁명처럼 분출하고 있기 때문이다. 민교협(민주평등사회를 위한 전국 교수연구자협의회) 등 진보적 시민운동 단체가 중심인 진보적 기본소득 안에서부터, 안철수 대표의 국민의당과 같은 중도주의 진영은 더 제한된 수준의 안을 구상하고 있다. 심지어 국민의힘의 김종인 비상대책위원장은 당 강령에 기본소득을 핵심 어젠다로 포함시키기까지 하였다. 만에 하나 2022년 보수 후보가 당선된다면 1968년 닉슨 시절과 똑같은 상황이 발생할 수도 있는 셈이다. 반면에 2022년에 진보 후보가 당선된다면 2020년 미국 대선에서 진보 진영 내의 논쟁이 재연될 수 있다. 그런 점에서 우리는 미국의 사례를 보면서 우리의 미래를 구체적으로 상상해볼 수 있다. 물론 미국 기본소득의 역사와 논쟁 및 위 질문들에 대한 답은 사실 책 한 권 분량으로도 부족하다. 이 글이 가지는 지면상 제약으로, 오늘날 재난 이후 '한

안병진

국형 뉴딜'이 논의되고 있는 한국 사회가 주목할 만한 '뉴딜의 2차 권리장전'을 배경으로 펼쳐진 미국의 기본소득 논의를 집중적으로 다뤄보고자 한다.

뉴딜의 안타까운 유산:
진보적 담론에서 보수적 담론으로의 흐름

진보적 담론이 우세하던 68혁명 시기

1944년 1월 11일, 당시 미국 대통령 프랭클린 루스벨트(Franklin Roosevelt)는 기념비적인 연설을 남겼다. 이 연설에서 그는 단지 일자리의 권리만이 아니라 오락의 여유 시간을 포함한 삶의 질을 위한 충분한 임금, 품위 있는 주거와 건강권, 교육권 등 폭넓은 시민권을 제시하였다. 이는 표현의 자유와 같은 시민의 정치적 자유를 헌법적 필수불가결한 권리로 담은 1차 권리장전에 이어 삶의 품위와 인간의 자유를 도모한 '2차 권리장전'이라고도 할 수 있다. 캐스 선스타인(Cass Sunstein) 교수는 미국인 다수가 망각한 이 연설의 의미를 되살릴 것을 주장한다. 대공황과 2차 대전을 거치면서 인간의 취약함과 존엄함에 대한 각성, 그리고 자유세계에 새로운 비전을 제시할 필요성에서 뉴딜 초기의 진보적 아이디어가 진화한 것으로 선스타인 교수는 분석하고 있다 (Cass Sunstein, 2004).

안타깝게도 기본소득의 헌법적 토대가 될 수도 있었던 루스벨트의 2차 권리장전은 헌법에 포함되는 데는 실패했다. 하지만 루스벨트의 인간 존엄과 품위 있는 삶, 보편적 복지국가론의 가치를 담은 정치 질서는 닉슨 공화당 시대(1969년~1974년)에도 이어졌다. 여기서 정치 질서(political order)란 단지 어느 당적의 대통령이 행정부의 수장이냐를 넘어선다. 데이비드 플롯케(David Plotke) 교수가 지적하듯이 정치 질서란 일정 기간 지속되는 지배적인 담론 지형과 정책, 제도권 내외부 정치 연합의 특성 등을 포괄하는 넓은 개념이다 (David Plotke, 1996). 예를 들어 비록 1958년 드와이트 아이젠하워(Dwight Eisenhower) 대통령이 공화당 행정부의 수장이 되었지만 이 정부가 추진한 어젠다는 어디까지나 뉴딜의 담론 지형에 부드럽게 적응하는 방식으로 진행되었다. 진보 시대의 보수 대통령이든 보수

시대의 진보 대통령이든 한 명의 지도자가 자신이 추구하고 싶은 어젠다를 무조건 성공시킬 수는 없다. 담론의 지형과 정치 연합의 특성이 주체의 행위를 제약한다.

닉슨은 비록 공화당 대통령이지만 뉴딜에서 레이건 정치 질서로 이행하는 시기의 대통령이기에 뉴딜의 영향을 폭넓게 받았다. 당시 닉슨 시대에도 뉴딜 담론에 기반한 린든 존슨(Lyndon Johnson) 정부의 빈곤과의 전쟁, 사회 안전망과 복지사회의 구축은 지배적 담론이었다. 린든 존슨 행정부는 오늘날 리빙 랩과 유사한 기본소득 사회 실험을 수행하기도 했다. 브레흐만에 따르면 시애틀, 덴버 등에서 미국인 8,500명 이상에서 수천만 달러가 기본소득 예산으로 배정되었다.

이후 1968년은 미국의 촛불혁명이 발생한 해로 뉴딜 정치 질서의 정점이었다. 그간 뉴딜 정치 질서는 1930년대의 사회운동이 퇴조한 후, 큰 정부를 통한 사회적 개혁이 진행되어왔다. 하지만 근대 문명은 거대 관료와 공장제 사회를 발생시키고 구체적 개인을 소외

시켜오기도 했다. 뉴딜은 근대 진보주의 질서를 구축한 위대한 성취이지만 그 과정에서 국가는 인간의 존엄이란 측면에서 한계를 노정했다. 68혁명은 이러한 근대의 비인격적 지배에 대한 탈근대적 혁명으로, 개인의 존엄과 권리, 연대성을 꿈꾸었다. 이 혁명의 영향과 대다수 도시에서 발생하는 처절한 민생 시위 등으로 당시 초당적으로 제도권 정치권 담론에 큰 영향력을 가진 존 케네스 갤브레이스(John Kenneth Galbraith) 등 5인의 경제학자들이 1,200명의 동료들과 함께 기본소득에 대한 공개서한을 발표하여 담론의 장을 뒤흔들었다. 이들은 서한에서 "국가가 책임을 완수하려면 공식적으로 인정된 빈곤선 이상의 소득을 국민 누구나 받을 수 있도록 보장해야 한다"고 주장했다(브레흐만, 2017). 실제로 존슨 행정부는 소득 유지 프로그램 위원회를 통해 기본소득 아이디어를 검토하였다. 이 서한과 영향력은 미국이 아직 뉴딜 정치 질서의 영역 속에 있다는 걸 보여준다. 이후 나타난 로널드 레이건(Ronald Reagan) 보수주의 시대의 주류 담론인 개인의 책임, 생산적 복지, 작은 정부론, 균형재정론이 아니라 국가의 책임, 시민의 권리, 확장적 재정의 철학을 주장하기 때문이다.

68혁명이 뉴딜 정치 질서의 마지막 불꽃이라는 듯, 그해 대선은 보다 분명하게 뉴딜 진보주의 노선의 퇴조를 징후적으로 보여주었다. 루스벨트의 뉴딜 노선은 우파 균형 노선에서 좌파 케인주의까지를 포함한 다양한 스펙트럼의 조합이라 할 수 있다. 1968년 미국 대선에서 민주당 후보들은 다양한 스펙트럼의 뉴딜주의자였다. 노동의 권익이라는 점에서 뉴딜 질서의 주류 이념을 계승한 험프리(Hubert Horatio Humphrey) 후보, 1992년 미국의 기업가 후보인 로스 페로(Henry Ross Perot)나 2017년 한국의 안철수 후보와 유사하지만 보다 중도적인 노선의 소유자인 유진 매카시(Eugene McCarthy), 새 진보를 표방하는 바비 케네디(Robert Francis "Bobby" Kennedy), 뉴딜 진보주의를 좌파적으로 밀어붙인 조지 맥거번(George McGovern) 등이 백가쟁명으로 경쟁하고 있었다. 이들은 기존 뉴딜 질서 옹호와 새롭게 떠오른 문제의식 사이에서 좌충우돌하고 분열하였다.

결국 시대의 흐름은 충실한 뉴딜주의자 험프리나 뉴딜의 좌파적인 확장을 꿈꿨던 맥거번 대신에 따뜻한 보수주의자를 표명한 닉슨을 선택했다. 초기에는 닉슨도 뉴딜주의자였다. 그는 "우리 국가 역사상 가장 의미심장한 사회 입법"이라 부르며 기본소득 법안인 '가족부조 계획(Family Assistance Plan, FAP)'을 의회에 야심차게 제출했다. 이는 가난한 가정을 대상으로 하는 지원 프로그램 대신에 모든 노동자 가족에 대한 통합적 보장소득(guaranteed annual income, 연간최저보장소득, 당시 1,600달러)을 기본 발상으로 한다. 인간의 가능성에 회의적인 비관주의적 보수주의자라고 알려진 닉슨이지만 그는 마치 루스벨트와 케네디의 진보적 낙관주의를 수용한 듯 자기 시대에 빈곤을 끝장내고 우주 시대로의 진출할 것을 선언했다.

하지만 놀랍게도 보수주의자 대통령이 제출한 진

보적 기본소득 법안은 그보다 진보적이었던 민주당 상원의 반대와 정치적 교착 상태 끝에 실패했다. 진보적 뉴딜 질서의 사회적 분위기와 정치적으로 안전한 결정(보수주의 대통령이 진보 법안을 제출했기에, 좌파라는 비난을 받을 필요가 없으므로), 민주당 상하원 의원의 수적 우위 등 모든 좋은 조건을 다 갖추었는데 실패한 것이다. 도대체 왜 미국은 이 천우신조의 기회를 날려버렸는가? 선스타인 교수는 뉴딜 진보주의 담론의 시대가 닉슨의 신승과 험프리 민주당 후보의 패배로 파탄 났다고 주장한다(Sunstein, 2004). 하지만 이는 일면적 분석이다. 닉슨은 비록 공화당 후보였지만 뉴딜 진보주의의 가치를 계승한 기본소득을 초기 강력한 어젠다로 제시했기 때문이다.

나는 미국 기본소득의 정치적 실패에는 여러 가지 우연과 필연의 조합이 결과를 만들어냈다고 본다. 이 복합에는 물론 선스타인 교수가 말한 보수 대통령의 당선도 일정한 역할이 있을 것이다. 진보 대통령이었다면 민주당 남부 상원의원들과 좀 더 나은 협상이

가능했을 수도 있다. 하지만 역으로 이야기하면 그만큼 상원 재정위원회(Senate Finance Committee) 등지에서 영향력을 행사하는 공화당 건전재정론자들과 비즈니스 진영의 더 강력한 저항에 부딪혔을 수도 있다.

68혁명 이후, 진보적 담론에서 보수적 담론으로의 이행기

오히려 보다 중요한 변수는 68혁명과 닉슨 시기가 공존했다는 이중성이다. 지금까지도 진보주의자들에 의해 낭만적으로 묘사되는 1968년은 단지 복지국가론을 비롯한 진보가 정점을 찍은 시기만은 아니었다. 동시에 1968년은 보수의 담론이 서서히 부상하는 정치적 담론의 이행기이기도 했다. 예를 들어 1968년 대선 캠페인에서 닉슨이 성공한 요인은 법과 질서, 가족의 가치, '침묵하는 다수'(이는 백인의 인종주의를 세련되게 표현하는 코드 언어) 등의 담론이었다. 이는 바로 이후 수십 년간의 레이건 보수주의 시대를 만들어낸 '대중적 보수주의(popular conservatism)' 담론의 원형이었다. 험프리 후보는 민주당 내부의 분열 때문에 패배하기도 했지만 이러한 백인 중산층 중심에서 부상하는 보수적 담론에 효과적으로 대항하기 힘들었던 전통적 노동 정치 중심의 뉴딜주의자였다. 하지만 사회운동이 퇴조하고 큰 정부에 의한 뉴딜 개혁의 기조는 이미 1940년대 이후 퇴조하던 추세였다. 1970년대에 이르면 루스벨트와 존슨의 '빈곤과의 전쟁' 개념도 훨씬 더 협소한 유권자층을 의미하는 것으로 축소되기에 이른다(Plotke, 1996). 이는 보편적 고용과 소득 보장 담론보다는 특정 빈곤층을 대상으로 한 근로 세액 공제 제도와 같은 맞춤형 복지가 더 영향력을 가지기 좋은 환경을 조성했다. 이후 민주당은 대중적 보수주의 담론의 지배적 질서에 일부 순응한 네오리버럴(Neoliberal)인 빌 클린턴(Bill Clinton) 대통령과 앨 고어(Al Gore) 부통령 시기에 이르러서야 비로소 정치 질서의 담지자가 될 수 있었다. 물론 이는 뉴딜 진보주의를 폐기하는 대가였다.

이러한 보수적 담론으로의 이행기에 정치적으

로 노회한 닉슨이 진보적 기본소득을 강력하게 추진하기란 어려웠다. 실제로 브레흐만에 따르면 마틴 앤더슨(Martin Anderson) 등 닉슨의 핵심 참모들은 과거 18세기 영국의 구빈법 중 하나인 스핀햄랜드 제도(Speenhamland System)*사례 분석을 통해 무조건적인 기본소득은 오히려 생산성 하강과 대중의 궁핍화를 초래할 것이라고 강력히 반대했다. 아이러니하게도 그들이 주로 참조한 내용은 자본주의 문명 비판 이론의 거장인 칼 폴라니의 『거대한 전환』이었다. 이들은 다소 의심스러운 통계 결과에 폴라니의 결론을 덧붙이면서 생산적 노동 강제를 조건으로 하는 보장 소득의 아

---

* 1795년 잉글랜드남부 버크셔주의 치안판사들이 스핀햄랜드에서 실시한 구빈법이다. 시장의 빵의 가격과 가족의 수에 따라 최저생활기준(Speenhamland Bread Scale)을 선정해 지방세로 실업자 및 저임금 노동자의 임금을 보조하여 최저생계비를 보장하는 제도이다. 노약자, 장애인 들을 위한 원외구호로도 광범위하게 활용되었으나, 임금 개선을 포함한 생활 개선을 이끌어내진 못한 데다 급증한 구빈비를 감당하지 못해 결국 억압적인 정책(개정빈민법)으로 회귀하는 결말을 맞았다.

이디어로 닉슨이 노동 강제 담론을 강하게 부각하도록 압력을 넣었다(브레흐만, 2017)

물론 닉슨이 기본소득에 대한 열정을 잃어간 이유는 단지 참모들의 반대만 작용한 것이 아니었다. 민주당이 주도하는 상원에서 수차례 패배를 맛본 닉슨의 기본소득 담론은 이후 출간된 시애틀 등의 기본소득 실험 결과가 부정적으로 나오면서 결정적 추진 동력을 잃어버렸다. 당시 1978년 시애틀 보고서는 기본소득 실험 결과 이혼율이 50퍼센트 이상 증가한 것으로 나와 큰 충격을 주었다(브레흐만, 2017). 비록 10년 후 재조사에서 오류로 판명되었지만 가족의 가치와 질서가 지배적 담론으로 부상한 레이건 시기에서 기본소득은 이미 힘을 잃은 상태였다.

진보 세력의 분열로 힘을 잃은 기본소득 담론

또 하나의 변수는 당시 닉슨과 민주당의 정치적 이해관계라고 하는 정치 연합 전략이다. 민주당의 진보적 뉴딜 연합은 어디까지나 당내 보수 성향인 남부 민주당 블록과의 타협과 아프리카계 미국인에 대한 이익 배제 담합에 기초했다. 이 남부 민주당 블록은 닉슨의 기본소득 아이디어가 남부의 빈곤선에 위치한 흑인 노동자층의 힘이 강화될 것을 두려워했다. 즉 이들의 인종주의적 정치 지배 구조와 보편적 기본소득은 서로 어울리지 않았다. 역으로 북부의 진보적 민주당원들은 닉슨의 기본소득의 혜택이 너무 협소한 것에 불만을 가졌다. 이후 노동 강제 조항이 강화되면서 복지 수혜 계층의 여성들은 적은 혜택과 처벌적 노동 강제 등의 조항에 불만을 품었다. 또한 당시 노동자의 생산성에 큰 영향을 받았던 비즈니스 진영은 초기부터 강력한 기본소득에 대한 반대 입장이었다. 결국 하원에서 압도적으로 가결되었던 법안은 상원에서 부결되었다. 하원에서 155표의 반대표 중 79표가 11개의 남부 핵심 주에서 나왔다는 것은 결국 민주당 뉴딜 정치 연합의 한 축인 남부의 반란이라 할 수 있다(Jil Quadagno, 1994). 이러한 불편한 진실은 선스타인 교수의 지적과 달리 단지 닉슨의 당선만이 뉴딜의 진화의 핵심 방해물이 아니었음을 시사한다. 브레흐만의 안타까운 회고처럼 당시 민주당 리더십이 보다 거시적 시야에서 전향적으로 움직였다면 우리는 오늘날 보다 진전된 복지국가 미국의 모습을 볼 수도 있었을 것이다. 실제로 에드워드 케네디 상원의원은 서거 직전에 닉슨이 추구했던 또 다른 진보적 어젠다인 보편적 의료보험 정책에 무조건 반대했던 패착을 진솔히 반성하기도 했다. 그에 따르면 당시 반대로 클린턴, 버락 오바마(Barack Obama)라는 민주당 대통령 시대에조차 닉슨보다 못한 의료보험 어젠다 수준 통과 여부를 가지고 힘들게 논쟁해야 했기 때문이다.

정치 연합의 전략적 구성이라는 측면에서 닉슨은 이제 현실적 판단을 내려야 했다. 질 콰다그노(Jill Quadagno)는 당시 닉슨이 기본소득을 강력하게 초기 어젠다로 제기한 이유로 민주당의 뉴딜 정치 연합에 균열을 내고, 특히 남부의 백인 노동자층을 비롯한 '침묵하는 다수'를 자신의 정치 연합으로 새로이 확장하기 위해서라고 분석한다. 하지만 남부의 보수적 민주당, 맥거번류의 북부 진보적 민주당, 공화당 비즈니스 진영, 복지 혜택 수혜 여성층 등 다양한 정치 분파가 각자의 명분을 들어 그의 기본소득을 반대하자 닉슨으로서는 다수 정치 연합 구성에 해가 되는 이 아이디어를 계속 추진하기는 어려웠다.

결국 닉슨의 야심찬 프로젝트는 실패로 끝났다. 그리고 이후 1972년 대선에서 전 국민에게 천 달러를 지급하자는 조지 맥거번의 기본소득 주장은 닉슨 진영은 물론이고 당내에서도 격렬한 비판에 직면했다. 결국 맥거번은 보편성에서 후퇴한 빈곤선 이하 대상으로 공약을 수정해야만 했다. 필리프 판 파레이스의 분석처럼 맥거번 입장에서 보편적 기본소득의 원 주장자인 닉슨의 비판은 부당한 것이지만 이미 시대의 추는 보수주의 담론으로 기울어버렸던 것이다. 닉슨의 보편적 소득 보장 담론인 가족 부조 계획도 힘을 잃자 그 대안으로 근로소득 세액공제 제도(Earn Income Tax

Credit, EITC)가 부상했다. 이는 어디까지나 생산적 노동이라는 전제하에 근로 빈곤 인구에 인센티브를 부여하는 정책으로 기본소득의 보편적 권리와는 근저의 철학이 달랐다. 하지만 러셀 롱 상원의원이 제기한 이 아이디어는 포드 시기를 거쳐 법령으로 확정되고 이후 클린턴 네오리버럴 시대의 대표 주류 상품으로 정착되었다. 자유주의 진영 내 좌파인 로버트 라이시 노동부 장관조차도 클린턴 진영 내 중도주의자들과의 투쟁에서 보다 보편적인 소득보다는 근로자 소득 보전 제도의 확장에 더 초점을 두었다는 건 시사하는 바가 크다. 자유주의 진영 내 항상 창의적 아이디어로 빛나는 브루스 애커먼 교수가 기본소득과 청년 사회적 자산제를 결합한 아이디어를 제시하였지만 이미 신자유주의로 기울어진 지형하에서 그리 주목을 받지 못하였다 (Bruce Ackerman, 1999). 미국 정치 지형의 영향을 많이 받는 한국에서도 리버럴한 노무현 정부에서 이 근로소득 세액공제 제도는 쉽게 수용되었고 애커먼류의 아이디어는 검토의 대상으로조차 오르지 못했다.

이후 미국은 레이건 보수주의 시대로 이행했다. 워터게이트로 잠시 집권했던 지미 카터(Jimmy Carter)도 이 이행기의 저주의 덫에 걸려 허우적댔다. 클린턴이 민주당의 보수화를 주도했다고 흔히 알려진 것과 달리 카터야말로 클린턴주의의 선구자였다. 즉 국내 재정과 교육정책, 안보 노선 등에서 기존 뉴딜주의자와 다른 보수적 기조를 추진하면서 뉴딜주의 민주당 상원과 앙숙처럼 지내다가 결국 무능한 성취를 한 대통령이란 오명을 받았다. 이후 본격적인 신자유주의자인 클린턴과 고어는 카터 시기와 달리 민주주의 리더십 회의(Democratic Leadership Council, DLC) 등 당내 정치 세력이 무르익자 본격적으로 레이건 시대에 적응한 진보로서 '성공'했다. 즉 가족의 가치, 건전재정론, 생산적 복지, 작은 정부론, 점진주의적 안전망 구축 등의 레이건 시대 담론에 효율적으로 적응한 것이다. 미국 민주당의 레이건 시대 적응으로 인해 이제 기본소득은 주류 정치 어젠다에서 완전히 사라졌다.

뉴딜의 잊힌 과제가 살아난
2020년 미국 대선

한동안 미국 주류 정치에서 완전히 사라진 아이디어였던 기본소득이 2020년 대선 전에서 비주류 후보인 앤드루 양에 의해 화려하게 부활했다. 물론 미국의 녹색당 등은 일관되게 보편적 기본소득을 주장해왔지만 제도권 정치 내에서는 거의 존재감을 가지기 어려웠다. 흥미로운 점은 과거 근대 초기 산업화 과정에서 일자리 상실을 두려워했던 노동자들의 공포 담론이 앤드루 양에 의해 21세기 현재에 전면화되었다는 사실이다. 앤드루 양은 2016년 '백악관 보고서'를 인용하면서 시급 20달러 미만 일자리 중 83퍼센트는 이후 자동화되거나 기계로 대체될 것이라고 주장했다. 이는 점차 화이트칼라로 확산되어 '대교체(great displacement)'의 시대에 접어들 것이라 예고한다. 이러한 대교체 담론은 실리콘밸리 혁신가들과 진보 진영 내 혁신가들 사이에서 점차 영향력을 얻어가는 담론이라 할 수 있다. 심지어 매킨지 보고서는 수십 년 내에 공감 능력조차도 AI가 인간을 대체할 것이라고 전망한다. 이런 문제의식은 일론 머스크와 같은 IT 기업가, 혁신적 노동계 인사인 앤디 스턴(Andy Stern) 및 혁신가 정치인인 오바마 대통령에게서 발견된다.

앤드루 양의 주장은 수십 년간 민주당을 지배한 전통적 진보 담론들과 근본적 차이가 있다. 예를 들어 전통적 진보주의자인 샌더스는 "사람들은 일하기를 원하고, 사회의 생산적 성원이 되기를 원하며, 이는 인간들이 가지고 있는 뿌리 깊은 감정"이라고 주장한다. 반면에 앤드루 양은 "인간들은 정부가 제공하는 일자리에서 일하는 것을 원하지 않는다. 이런 공공 일자리도 자동화 위험에서 안전하지 않다"고 반박한다(금민, 2020).

이 두 주장은 유사하게 보이지만 커다란 철학의 차이를 내포한다. 나는 이를 뉴딜 2차 권리장전의 계승을 둘러싼 노선 차이라고 규정한다. 뉴딜 2차 권리 장전에는 일자리 보장 등 경제적 권리를 포함해 자유로운 삶 전반에 대한 기회의 제공 등의 가치가 함께 녹아 있다. 진보의 주류는 고용 보장에 더 초점을 둔다. 즉 뉴딜 노선 중에서 일자리 보장과 국가의 경제적 책임, 그리고 품위 있는 임금에 초점을 맞춘다. 그리고 그 근저에는 미래혁신에 대한 낙관주의 에토스가 전제되어 있다. 그리고 비주류는 소득 보장에 더 초점을 둔다. 즉 소득 보장을 통해 일자리 선택을 포함한 더 자유로운 삶과 기회의 보장에 초점을 맞춘다. 그리고 최종 책임자인 국가는 자유의 잠재력 확장의 촉진자 역할을 수행할 것을 강조한다. 이들은 국가에 의한 고용 보장이 좋은 의도와 달리 질 낮은 일자리로 사실상 귀결됨을 우려한다. 더 철학적으로 보자면 전자는 존 롤스(John Rawls)류의 전통적 사회민주주의적 권리론자이다. 필리프 판 파레이스는 롤스의 『정의론』(1971)이 기본소득 아이디어와 잘 조응한다고 지적하지만 필자가 보기에 롤스의 가치에는 기본소득론자가 강조하는 자유의 가치가 미약하다.

후자는 일자리뿐만 아니라 인간의 다양하고 자유로운 잠재력에 초점을 맞추는 아마르티아 센(Amartya Sen)과 마사 누스바움(Martha Nussbaum)이 말하는 자유의 정의론이라 할 수 있다(아마르티아 센, 2019; 마사 누스바움, 2019). 그리고 근저에는 기술화가 주도할 미래 혁신에 대한 비관주의 에토스가 전제되어 있다. 앤드루 양은 "우리는 이미, 수십만 가구와 공동체가 나락으로 내몰리며 디스토피아의 언저리에 도달했다"고 선언한다. 예를 들어 루스벨트의 2차 권리장전에서 롤즈는 일자리 보장 문구에 무게중심을 두었다면 누스바움은 오락까지 포함하는 자유 시간에 더 관심을 가질법하다. 실제로 누스바움은 인간의 자유로운 역량의 필수 요건으로 감각, 상상력, 놀이 등 다양한 분야를 필수적으로 언급한다(마사 누스바움, 2019).

미국 내 논쟁에서는 샌더스의 좌파 노선 대 조 바이든(Joe Biden)의 중도 노선의 대립만을 부각시켜왔다. 앤드루 양은 그저 아시아계 후보의 사소하고 기발한 원 포인트 정치 캠페인 정도로 치부되었다. 이는 미국 지식 논쟁이 얼마나 빈곤한지 보여주는 대표적인 사례라 할 수 있다. 사실 샌더스, 워런(Elizabeth Warren) 등 좌파와 바이든, 해리스(Kamala Harris) 등 중도주의자들은 위에서의 언급한 구분법으로 보면 전자인 '고용 보장파'이다. 이를 실현하는 방법이 좀 더 좌파적인가 온건한가의 차이가 있을 뿐이다. 예를 들어 샌더스와 워런의 일자리 보장과 그린 뉴딜 정책은 근저에 고용에 대한 국가의 도덕적, 실제적 책임을 주장하는 '현대 화폐 이론'이 깔려 있다(L. 랜덜 레이, 2017). 일자리 창출만이 아니라 '보장'이라는 국가 역할의 확장은 건전재정에 정치 철학의 뿌리를 두고 있는 바이든과 같은 중도 후보가 결코 받아들일 수 없는 국가 역할의 거대한 전환이라 할 수 있다. 1960년대 논쟁에서 존 케네스 갤브레이스 교수 등은 미국이라는 국가가 이러한 책임을 충분히 감당할 재정적 여력이 있다고 주장한 바 있지만 현대 화폐 이론은 오늘날 주류 진보 진영에서는 극히 위험하게 받아들인다. 샌더스, 위런 진영에 급진적 성향이 있다 하더라도 일자리 보장과 품위 있는 임금에 대한 입장은 바이든과 차이가 적다. 이들은 또한 그린 뉴딜, 부유세 등을 통해 미국을 더 위대한 혁신 국가로 만들 수 있다는 확신을 가지고 있다.

앤드루 양은 1960년대 존 케네스 갤브레이스 교수와 1,200명 가량의 경제학자들이 주도한 기본소득 캠페인의 21세기 부활이다. 그는 현대 화폐 이론이라는 급진적 주장을 내세우기보다는 유럽 등에서 이미 효과가 입증된 부가세 등을 통해 창출되는 재원으로 기본소득을 마련하고 인간의 창의적 자유 시간 확보를 강조한다. 이러한 재원 창출의 중도적 성격 때문에 그레고리 맨큐(Nicholas Gregory Mankiw) 같은 저명한 보수 경제학자는 워런보다 앤드루 양을 지지하기도 했다. 하지만 재원 창출의 중도성에도 불구하고 앤드루 양의 '자유 시간 확보'는 기존 진보의 노동 중심주의와 생산적 노동 프레임을 타파한다는 점에서 더 진보적 성격을 갖고 있다. 과거 마르크스조차도 무노동 무임금이라는 근대 패러다임을 벗어나지 못했다고 비판받기도 한다는 점에서 볼 때 앤드루 양의 기본소득론은 마르크스의 노동 중심주의에서 한나 아렌트의 보다 포괄적인 작업과 행위로의 철학적 전환이라 할 수 있다. 그리고 기계와 인간 간의 대결에서 기계의 승리를 예측하며 일자리 감소를 전제로 한 사회 안전망 구축을 하고 있다는 점에서는 훨씬 더 비관적인 미래 전망을 하고 있다고 볼 수 있다. 이 비관주의는 전통적 진보주의자들의 관점에서 볼 때는 부유세, 그린 뉴딜을 통한 사회구조의 혁명적 전환보다 수세적인 안전망 구축을 목적으로 하고 있으므로 실리콘밸리와 조응하는 보수적 아이디어이다. 즉, 앤드루 양의 논의는 이후 정치적 논의가 전개되는 양상에 따라 진보적이거나 보수적으로 전유될 수 있는 유동적 아이디어라고도 할 수 있다. 하지만 이 흥미로운 화두는 민주당 경선 국면에서 주류 후보들에 의한 철저한 무시로 텔레비전 토론에서 중요하게 다루어지지 못했다. 그저 일부 청년층을 중심으로 '양 갱(Yang gang)'이라는 팬덤이 형성되었을 뿐이다.

그런데 뜻밖에도 코로나19가 흥미로운 상황을 이끌었다. 즉 재난이라는 비상 상황과 인간의 취약함이 앤드루 양이 주장한 기본소득의 필요성을 경험을 통해 깨닫게 한 것이다. 코로나19와 같은 재난은 극히 일부 부자들을 제외한 많은 이들이 사실상 얼마나 불안전하고 취약한 조건하에서 살아가는지를 절실히 깨닫게 했다. 그리고 자유란 그저 추상적인 정치 권리(political right)가 아니라 여행, 이동, 식료품, 보건 의료, 교육 등에 걸쳐 우리 일상 근저에 있는 필수불가결한 문제임을 체감하게 했다. 이는 마치 루스벨트 시대에 대공황과 제2차 세계대전을 겪으면서 인간의 취약성을 더 절실히 자각해 보다 포괄적 자유와 권리에 대한 담론으로 정치적 논의가 발전한 것과도 흡사하다. 그런데 우파 포퓰리스트인 트럼프는 노회하게 이 틈새를 파고들었다. 비록 보편적 기본소득이라 할 수 없는 일시적 재난 구제였지만 과거 뉴딜 후반기의 큰 정부의 관료적 비효율성을 없애고 직접 개인 구좌에 현금을 부여하는 기본소득 아이디어 맹아를 실현했다. 그리고 도시 봉쇄의 조기 완화를 압박하여 '시민들의 경제적 자유를 추구하는 트럼프' 대 '자유를 압살하는 민주당'이라는 프레임을 만들어내고 있다. 말하자면 기본소득 근저의 정의론이 트럼프의 우파 포퓰리즘 방식으로 납치당한 셈이다.

최근 민주당 경선 후보로 확정된 바이든은 다양한 진보 후보들의 어젠다를 아우르는 TF를 설치했다. 이는 과거 좌파 샌더스와 중도 힐러리의 갈등 봉합 실패가 트럼프 정권을 만들었다는 뼈아픈 반성에서 출발한다. 그리고 민주당 다수 정치 연합을 통해 열정적 지지층이 약한 바이든 캠페인에 새로운 동력을 일으키려는 시도이다. 이 TF에는 앤드루 양의 기본소득 아이디어도 포함되었다. 하지만 바이든은 1968년 민주당의 주류 후보였던 험프리와 유사하다. 둘 다 품위 있고 합리적이며 백인 노동자층과 공감대를 형성하는 전통적 뉴딜 향수의 리버럴이다. 하지만 그에게는 새로운 시대에 대한 비전과 꿈이 부족하다. 만에 하나 그가 대선에서 당선된다면 전통주의자인 그가 앤드루 양 등의 혁신적 아이디어를 과연 수용할지 현재로서는 회의적이다.

향후 미국과 한국의 세 갈래 길:
뉴딜 2차 권리장전의 두 가지 버전 vs 닉슨주의

왜 우리는 뉴딜의 2차 권리장전과 닉슨의 실패에 주목해야 하는가? 왜냐하면 오늘날 한국은 미국과 서로 다른 조건에도 불구하고 과거 미국 역사상 존재했던 세 가지의 갈림길 앞에 서 있기 때문이다.

첫째는 뉴딜의 일자리 보장과 품위 있는 임금, 이를 위한 국가의 공적 책임 등에 초점을 맞춘 2차 뉴딜주의이다. 이는 다양한 스펙트럼에도 불구하고 바이든, 샌더스 및 한국의 문재인 정부와 전통적 복지국가론자들이 추구할 가능성이 높다.

둘째는 루스벨트의 자유로운 삶과 기회 담론 등에 더 초점을 맞춘 또 다른 방향의 2차 뉴딜주의이다. 이 또한 다양한 스펙트럼을 포괄한다. 앤드루 양 및 오바마를 포함한 실리콘밸리 혁신주의자 및 한국의 이재명 경기도지사와 같은 실용주의 진보주의자 일각 및 시대 전환 및 기본소득당 등이 여기에 해당된다. 정의당은 현재로서는 애커먼류의 사회적 상속에 더 무게를 두고 있다. 이 2차 뉴딜은 '실리콘밸리 스타일의 안전망 마련' 대 '보다 인간적 체제로의 전환 동력 구축'이라는 상이한 목표와 노선이 공존한다.

셋째는 닉슨주의이다. 이는 보수 진영에서 기본소득의 아이디어를 정치적으로 수용하면서도 그 수준을 완화하거나 기존 복지 혜택을 통합하는 데 더 초점을 둔 우파 기본소득론이다. 이는 미국의 트럼프와 맨큐 등 우파 경제학자들이나 한국의 김종인 국민의힘 비상대책위원장 그리고 일부 한국판 실리콘밸리론자들이 추구할 가능성이 높다. 김종인 위원장은 이 기본소득을 매개로 향후 2022년 대선에서 다양한 보수 정치 연합을 추구하고 진보 진영 내 균열을 시도할 것으로 예측된다.

과연 미국과 한국은 위 세 가지 길 중 어느 경로를 선택할 것인가? 과연 2차 뉴딜주의가 제시하는 상반된 국가의 역할— 일자리 보장과 국가 책임, 그리고 자유로운 삶의 역량의 촉진— 의 두 가지 측면을 포괄할 종합은 불가능한가? 특히 기축통화국인 미국보다 취약한 국제적 입지와 기획재정부의 영향력이 과대 발달된 한국에서의 2차 뉴딜은 구체적으로 어느 방향을 향할 것인가? 미국의 에드워드 케네디가 서거 직전에 후회했던 결정을 오늘날 미국과 한국이 범하지 않기 위해서는 무엇이 필요한가? 더 나아가 이 2차 권리장전과 기본소득에 준하는 아이디어를 헌법에 새기거나 이에 준하는 시민적 계약으로 구현하기 위해서는 무엇을 해야 하는가?

미국의 잊힌 뉴딜 2차 권리장전과 닉슨의 실패, 그리고 오늘날 앤드루 양의 논쟁은 우리에게 결론을 내리게 하기보다는 답하기 어려운 더 많은 질문을 발생시킨다. 결국 그 질문에 대한 답은 열려 있는 자세의 실천적 행동과 정치 리더십, 그리고 계급투쟁의 역관계(力關係)에 따른 산물이다. 뉴딜 2차 권리장전에 담긴 자유로운 삶과 인간 존엄의 가치, 그리고 이를 위한 소득과 고용 보장의 아이디어는 오직 우리가 어느 수준에서 행동하는가에 따라 딱 그만큼 현실화될 것이다. 이 점에서 우리는 존슨 행정부 시대에 보편적 기본소득 아이디어가 강력한 힘으로 떠오른 이유는 곧 64개 도시에서 발생한 강력한 사회운동의 영향력 때문이라는 걸 기억할 필요가 있다. 그리고 보편적 기본소득 아이디어의 퇴조는 바로 에드워드 케네디를 비롯한 민주당의 전략적 실책에 힘입은 바 크다는 것도 기억할 필요가 있다. 결국 강력한 행동주의 사건이 만들어낼 불가능의 현실화와 가능성의 기회를 포착하는 현실적 지혜가 어떻게 균형을 이루는가가 기본소득 아이디어의 미래를 결정할 것이다.

참고문헌

금민, 『모두의 몫을 모두에게』, 동아시아, 2020.
뤼트허르 브레흐만, 『리얼리스트를 위한 유토피아 플랜』, 2017.
마사 누스바움, 『정치적 감정』, 글항아리, 2019.
아마르티아 센, 『정의의 아이디어』, 지식의 날개, 2019.
앤드루 양, 『보통 사람들의 전쟁』, 흐름, 2018.
제레미 리프킨, 『유러피안 드림』, 민음사, 2005.
필리프 판 파레이스, 야니크 판데르보흐트, 『21세기 기본소득』, 2017.
L. 랜덜 레이, 『균형재정론은 틀렸다』, 책담, 2017.

Michael Eric Dyson, *Come Hell or High Water*, Civitas Books, 2007.

David Plotke, *Building A Democratic Political Order: Reshaping American Liberalism in the 1930s and 1940s*, Cambridge University Press, 1996.

Cass Sunstein, *The Second Bill Of Rights: FDR's Unfinished Revolution and Why We Need It More Than Ever*, Basic Books, 2004.

Jil Quadagno, *The Color of Welfare: How Racism Undermined The War On Poverty*, Oxford University Press, 1994.

Bruce Ackerman · Anne Alstott, *The Stakeholder Society*, Yale University Press, 1999.

모두를 위한
우리 각자의 기본소득

·

백희원

백희원

기본소득청'소'년네트워크 운영위원, 서울시 청년허브 연구협력실장

1980년대 후반에 태어나 줄곧 서울에서 살고 공부하고 일하는 여성이다. '기본소득 청'소'년 네트워크(BIYN)'의 8년 차 회원으로 기본소득을 알리는 활동을 해왔으며, 녹색당 공동정책위원장을 거쳐 현재는 서울시 청년허브 연구협력실장으로 일하고 있다.

『기본소득 말하기 다시 기본소득 말하기』『작은 조직에서 성평등 약속문 만들기』를 동료들과 함께 썼다.

slowcoleslaw.me

영미권에서는 기본소득을 UBI(Universal Basic Income)라는 약어로 표시한다. '보편'의 의미가 반드시 들어가는 이유는 모두에게 지급한다는 것이 기본소득의 가장 핵심적인 특징이기 때문이다. 사람들이 기본소득에 대해 가장 거부감을 느끼는 지점도 여기다. '모두에게 동일한 처방이라니 세상이 그렇게 단순해?' 사람들의 형편은 제각기 다르다. 태어날 때부터 충분한 돈과 자산을 물려받을 권리를 얻은 사람이 있는가 하면, 정반대의 환경에서 기본적인 주거 환경조차 안정적으로 구축하지 못한 채 살아가야 하는 사람도 있다. 그러니 한정적인 자원을 투입해야 한다면, 모두에게 기본소득을 지급하기보다는 필요한 사람에게만 지급하는 편이 더 공정하고 효율적인 것 아닐까?

덧셈과 뺄셈으로 삶을 계산할 수 있다면 좋겠지만, 우리 삶의 수식은 그보다 복잡하다. 이 글은 당사자성을 갖고 기본소득 운동을 해온 경험에 근거해 쓴 에세이다. 기본소득은 모순적인 세상의 문제를 제대로 바라보고 풀어나가기 위해서는 일견 모순적으로 보이는 관점도 필요하다는 지혜를 내게 주었다. 예컨대 복잡한 세상에서는 오히려 모두에게 좋은 것이 가장 불리한 사람에게도 가장 이로울 수 있다는 사실 같은 것이다.

자유와 평등에 대한 열망이
교차되어온 아이디어

'알파고 쇼크' 이후 한국에서 기본소득이라는 용어가 본격적으로 주류 매체에 오르내리기 시작했기 때문인지 미래적인 의제로 여겨지는 것 같다. 하지만 기본소득의 범주에 포함될 수 있는 발상은 역사 곳곳에 숨어 있다. 18세기 미국 독립에 현저한 영향을 끼친 사상가 토머스 페인은 '토지는 인류에게 주어진 공공 자산이므로 여기서 발생한 부는 모두에게 분배해야 한다'고 주장했다. 철학자 버트런드 러셀은 자유로우면서도 노동자에게 유리한 사회 모델을 구상하며 그 필요조건으로 모두에게 게으름뱅이가 될 자유를 보장하는 '뜨내기의 품삯', 즉 모두에게 보장되는 일정 수준의 기본소득을 주장한 바 있다. 한편 소설가 버지니아 울프는 에세이 『자기만의 방』에서 여성이 픽션을 쓰기 위한 사회적, 물적 조건을 탐구하던 중 여성 소설가에게는 '자기만의 방'과 연 500파운드의 소득이 필요하다는 결론에 이른다. 노벨경제학상 수상자이자 20세기 사회과학 전 분야에 현저한 영향을 끼친 학자 허버트 사이먼 또한 새롭게 창출되는 부의 상당 부분이 지금까지 인류가 공동으로 축적해온 지식에 근거하고 있으니 소득세를 부과하여 모든 사회구성원에게 분배해야 마땅하다는 언급을 하기도 했다. 인권운동가 마틴 루서 킹 목사 역시 기본소득의 강력한 옹호자였다.[*]

이처럼 기본소득은 코로나19 팬데믹 이전에도, 기술 발전으로 인한 일자리 위기 이전에도, 2008년 미국발 금융 위기 이전에도 존재했다. 민주주의 국가의 태동기에, 개인의 자유를 보장하는 사회주의에 대한 구상 속에서, 여성이 자아를 실현할 수 있는 물적 토대를 상상하는 과정에서, 빈곤과 차별이 사라진 사회에 대한

---

[*] 기본소득한국네트워크 홈페이지 「기본소득의 역사」(최광은 옮김) 참조.(basicincomekorea.org/)

강력한 열망을 담아내면서 말이다. 그리고 2020년, 지난 10년간 세계 곳곳에서 진행된 기본소득 운동과 크고 작은 실험들 덕분에 우리는 그 어느 때보다 구체적이고 고도화된 기본소득 프로그램의 실행을 논의할 수 있는 국면에 도래했다. 그리고 지금 이 순간 다양한 동료 시민들이 자유와 평등에 대해 다시 한번 적극적으로 목소리를 내야 할 때라고 생각한다. 그 전에, 모두가 조건 없이 기본소득을 받으려면 사회 공동체의 합의를 거쳐야 한다. 한정된 자원 안에서, 기본소득의 지급은 분배를 둘러싼 사회구성원 간의 약속이어야 하기 때문이다.

기본소득은 너무나 다양한 현장과 맥락 — 더 공정한 사회와 더 합리적인 경제 시스템에 대한 상상, 빈곤이 사라진 세계로 나아가고자 하는 신념과 차별받는 집단에 속한 개인이 탁월함을 성취하고자 하는 열망 등 — 속에 드러났기 때문에, 1980년대 기본소득지구네트워크의 전신인 기본소득유럽네트워크가 구성되기 전까지 기본소득은 하나의 역사적 흐름으로 읽히지 않는다. 때문에 어떤 역사들은 잊혔다가 재발굴되기도 한다. 1970년대 캐나다 매니토바주의 한 마을에서 가구별로 기본소득을 지급했다가 예산 부족으로 중도에 좌초되었던 민컴 프로젝트(Mincome project)가 그렇고,* 또 1970년대 미국과 영국, 이탈리아의 페미니스트들의 기본소득 운동이 그렇다.

후자는 기본소득지구네트워크 회원이자 일본의 정책 연구자인 야마모리 도루(山森亮)의 저작들에 자세히 실려 있는데, 자주 회자되지는 않는다.** 그에 따르면, 1977년 영국 전국여성해방대회에 모인 페미니스트들은 최소보장소득(guaranteed minimum income) 즉, 조건 없는 기본소득이 포함된 결의안을 채택했다고 한다. 1960년대 후반에서 1970년대 초 사이 북미

---

* 'A Canadian City Once Eliminated Poverty And Nearly Everyone Forgot About It', 《Huffington Post Canada》, 2014. 12. 23.
** 야마모리 도루, 『기본소득이 알려주는 것들』, 은혜 옮김, 삼인, 2018.

지역에서 기본소득 정책에 대한 정치권의 논의가 잠시 있기는 했으나 사회운동에서 기본소득 정책이 전면적으로 요구된 것은 좀처럼 유례없는 일이었다.

당시 이 의제를 주도한 것은 "청구인 조합(Claimants Unions)"의 여성 조합원들이었다. 청구인 조합은 말 그대로 "다양한 사회정책 및 복지 서비스의 청구자로, 구체적으로는 노령연금 수급자, 장애인, 환자, 공공 부조 수급자, 비혼 부모, 실업자 등"으로 이루어져 청구자의 권리를 주장하는 조합이었다. 전후 영국은 빠르게 복지국가를 구축하고 정부에서 적극적으로 사회권을 보장한 나라다. '청구인'이라는 정체성도 이러한 제도가 있기에 나타날 수 있었을 것이다. 그런데 이미 보장된 권리를 재차 요구하기 위한 청구인 조합은 왜 필요했던 것일까? 고용 중심의 가족수당 모델에서는 경제활동에 참여하기 어렵거나 결혼하지 않은 시민들이 자연스럽게 배제되어왔기 때문이다. 예컨대 청구인 조합 운동을 주도한 비혼모들은 당시 '동거법'이라는 악

법하에 복지 담당 공무원들에게 남성과의 교제 여부를 감시당하는 인권 침해를 겪고 있었다. 남성과 교제 중인 비혼모들은 당연히 남성의 경제력에 의존할 것으로 짐작하고 정부에서 가족수당 지급을 끊는 식이었다. 안 그래도 여성에게 불리한 노동시장에서 돈을 벌고, 가정에서 홀로 돌봄까지 책임져야 했던 비혼모 여성들은 가부장적인 편견이 반영된 국가의 복지전달 체계에서마저 차별받는 삼중의 불리함에 처했던 것이다. 이에 비혼모들은 청구인 조합 운동을 시작했다. 이들은 비혼모만을 위한 복지 서비스의 확대나, 가사 및 돌봄 노동에 대한 임금을 요구하는 대신, 모든 청구인들에 대한 배제와 차별을 철폐하도록 국가의 책임을 물었다. 또한 조건 없는 기본소득을 요청함으로써, 어떤 시민이든 자산이나 고용 이력, 세대 구성 및 성관계 등으로 인해 차별받지 않을 권리가 있음을 주장했다.

의존의 돈과 권리의 돈은 다르다

영국 청구인 조합의 사례는 특수하다. 경험해본 적 없는 권리를 상상하기란 어려운 일이기 때문이다. 사람들은 대체로 자신에게 조건 없는 기본소득이 필요하다는 것을 깨닫지 못한다. 기본소득청'소'년네트워크(이하 BIYN, Basic Income Youth Network)*에서 나와 동료들이 기본소득 운동을 하며 사람들을 만날 때 경험했던 첫 번째 어려움은 사람들이 이 의제에 몰입하지 못한다는 것이었다. "그 돈이 다 어디서 나요?", "그럼 일을 안 해요?" 토론을 심화시키기보다는 대화를 끝

---

* BIYN은 10대~30대의 청'소'년이 주체가 되어 기본소득이 실현된 사회를 만들기 위해 모인 개인들의 네트워크로 2012년 설립되어 기본소득을 알리는 다양한 활동들을 진행해왔다. 기업, 정부, 정당으로부터 독립적인 임의 단체로, 기본소득을 지지하는 시민들의 자발적인 활동 및 후원으로 운영된다. 홈페이지 (www.BIYN.kr)

내는 질문들이 반복되기 일쑤였다. 이 문제를 돌파하기 위해 우리는 "내가 만약 기본소득을 받는다면, 삶이 어떻게 변화할까요?"라는 질문을 먼저 던졌다. 기존의 질서로 기본소득에 대한 입장을 섣불리 세우기 전에 각자의 삶의 문제를 끄집어내기 위한 방편이었다. 강한 설득 대신 가벼운 질문을 택한 덕분에 다양한 이들과 이야기를 나눌 수 있었는데, 뜻밖의 발견은 영국 청구인 운동과는 반대로 공공 부조에 대한 수급 경험이 있거나 현재 국가로부터 소득지원을 받고 있는 이들이 가장 기본소득을 납득하기 어려워한다는 사실이었다.

기본소득으로 인해 기존에 받던 급여가 깎이지 않을까 하는 우려 때문이 아니었다. 오히려 수급에서 탈락하지 않기 위해 일, 즉 사회생활도 못 하고 고립된 생활을 감당하고 있는 이들에게 기본소득이라는 아이디어의 존재는 힘이 되는 소식이었다. 그런 돈이라면 받으면서 약간이나마 일도 시작하고, 더 나은 끼니를 챙길 수도 있겠다는 희망들이 돋아났다. 하지만 자

　　　모두를 위한 우리 각자의 기본소득

본주의사회에서 '일하지 않는 사람'으로 규정되어 국가의 지원을 받는 과정에서 스스로를 올바른 수급자로 정체화하며 사회에 통합되기 위해 애써온 시간에서 벗어나는 것은 그와는 다른 문제였다. 수급 경험이 있는 이들은 기본소득을 반기면서도 자신의 입장을 내세우기보다 기본소득의 재원과 그 바탕이 되는 산업 경제를 걱정했다. "기업들도 생각해야지". 도움을 요청할 가족이 있거나 일할 수 있는 능력이 됨에도 국가에 의존하는 게 아닌지 당사자를 의심하는 제도를 상대로 자신의 자립 불가능한 상황을 증명해오다가, 권리의 언어로 말하는 건 더 어려운 일이 아닐지 짐작해본다.

비슷한 이야기가 사단법인 '들꽃청소년세상'에서 운영하는 청소년자립팸 '이상한 나라'에서 실행한 기본소득 실험 사례에도 등장한다.* '이상한 나라'는 앨

---

* '"조건없이 월 30만 원 지급" 탈가정 청소년에게 미친 영향—청소년 자립팸 이상한나라 '기본소득' 경험 연구 발표회 열려', 《일다》, 2020. 2. 15.

리스라고 불리는 탈가정 청소년(이하 '앨리스')들의 주거 생활공동체다. 자립팸을 운영해온 활동가들은 앨리스들이 공동체의 주인이 될 수 있도록 기본소득을 지급하는 실험을 진행했는데, 처음 기본소득을 지급받은 앨리스들은 반기기보다 망설이고 불안해했다고 한다.

"처음엔 '받으면 안 되는 돈'이라고 생각했어요. 부담이 되기도 하고. '내가 이걸 왜 받아야 돼? 그렇게 해도 되는 돈이 있어?' 이런 생각도 들었고요. '나중에 우리가 통장 내역을 다 보내줘야 하는 건 아닌가?' 하는 느낌도 들어서 약간 거북하다는 생각도 들었어요." (앨리스 인터뷰 중)

앨리스들의 의심과 불안이 거둬진 것은 공동체 안에서 '조건 없이 지속적으로 지급되는 돈'을 직접 경험하면서부터였다. 하늘에서 공짜로 뚝 떨어진 것이 아니라 자립팸의 지향에 의해 지급되기 시작한 돈이었다. 감시당하는 용돈이 아니라 자유롭게 쓰고 싶은 곳에 쓸 수 있고, 미리 예상하고 계획을 세울 수도 있는 돈이었다. 돈에 의존하는 것이 아니라 삶을 운영하는 자원의 일부로 받아들이고 자율적으로 사용할 수 있게 된 것이다. 앨리스들과 돈의 관계 변화는 활동가들과의 관계의 변화로도 이어졌다. 기존에는 앨리스들이 도움을 받는 쪽에 가까웠지만, 기본소득이 지급되면서 앨리스가 활동가에게 선물을 하는 등 쌍방향으로 도움을 주고받는 관계가 형성되었다. 이는 자연스럽게 앨리스들이 가족의 바깥에서, 제도의 바깥에서 관계를 만들어나가며 스스로 '자립'의 감각을 익혀가는 계기가 되었다.

일상을 바꾸는 관점으로서의 기본소득

　내가 BIYN을 시작하게 된 계기도 자립의 문제였다. 교육과정을 마치고 취직하고, 집을 마련해서 부모로부터 독립하는 평범한 삶이 여의치 않은 시대가 도래했음이 점점 선명해지던 무렵이었다. 교육비도 주거비도 높았고, 안정적인 일자리는 점점 줄어들고 있었다. 위계적인 조직 문화나 집안일하는 아내, 돈 버는 남편으로 이루어진 구시대적 가족 모델을 받아들이고 싶지 않았지만, 저성장과 금융 위기로 생존경쟁에 대한 외부 압력이 높아진 상황에서 무사히 어른이 되어 '자립'하려면 기존 질서에 빠르게 편입하는 것 외에는 길이 보이지 않았다. 불리한 첫 출발 때문에 종국에는 삶 전체가 불행해질지 모른다는 불안감이 모든 걸 부추겼다.

"모든 사회구성원 개개인에게 조건 없이 생계에 충분한 금액을 현금으로 지속적으로 보장한다." 이 한 줄로 요약될 수 있듯 기본소득이 매력적이었던 이유는, 이 단순한 아이디어가 복잡한 틀을 만들어놓고 그 안에 삶의 모양을 맞춰 넣으라고 요구하지 않기 때문이었다. 기본소득은 어떤 모양의 삶에든 기회와 시간, 안정감을 제공하면서 자율적으로 삶을 구상해낼 가상의 시공간을 만들어주었다. BIYN 회원들의 사정이나 배경은 모두 제각각이었지만 미래가 불확실하다는 것, 그럼에도 불구하고 주어진 답을 따라가고 싶지 않다는 의지만은 동일했다.

기본소득을 설득하고, 기본소득에 동의하는 동료 시민들과 연대하는 과정은 국가나 사회가 요구하는 삶의 양식이 아니라 각자가 바라는 삶의 모양을 발명해나가는 시간이기도 했다. 결혼과 혈연으로 맺어진 가족, '평생직업'과 '평생직장'같이 고정적인 정체성이 보편적일 수 없는 사회에서, 모두를 위한 기본소득은 누구도 배제되지 않고 삶의 자리를 보장받을 수 있는 실질적 시민권으로서의 의미를 가진다. BIYN이 기본소득을 정책도, 아이디어도 아닌 '관점'이라고 소개하는 건 이런 까닭이다.

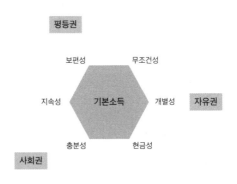

관점으로서의 기본소득(BIYN, 2018)

즉, 무조건적이고 충분하며 보편적인 기본소득은 모든 문제를 해결하지는 못하지만 모든 사람에게 버티거나, 행동하거나, 거부할 수 있는 힘을 준다. 예컨대 실업자에게는 일을 구하기 위한 학습의 기회가 될 수 있고, 반대로 노동자에게는 일을 쉬기 위한 기회가 될 수 있다. 가족 내 생계부양자에게 종속되어 있는 주부, 어린이, 노인 들에게도 직접 지급함으로써 사회 구성원으로서의 자리를 보장한다. 높은 주거 비용으로 인해 금융시장에서 대출을 받는 세입자들에게, 국가에 의존하는 복지 수급자들에게도 일말의 협상력을 제공한다. 이는 이해관계자로 이름 붙여지지 않는 다른 모든 동료 시민들에게도 똑같이 적용된다. 여러 권리들이 교차되는 관점으로서의 기본소득은 다양한 사람들이 자기 삶의 문제에 대한 통제력을 상상할 수 있게 한다.

기본소득을 논할 때 이야기해야 할 것들

그러나 기본소득 반대론자들의 말마따나 "기본소득은 만병통치약이 아니다".

"19세기에는 노예제 폐지, 20세기에는 투표권, 21세기에는 기본소득"이라는 슬로건처럼 기본소득이 종종 투표권과 비견되는 이유는 특정한 수요를 해결하기 위한 정책이라기보다 시민의 권리를 보장하고 권한을 분배하는 수단이기 때문이다. 그러므로 기본소득에 대해서 이야기하는 것만으로는 결코 충분치 않다. 기본소득을 통해 보장된 권한이 어떤 방향으로 향하는 사회가 될지에 대한 치열한 토론이 필요하다. 예컨대 앞서 다룬 두 사례에서 비혼모들과 앨리스들에게 기본소득은 자립의 권리로서 이해되었지만, 여성이 가정에서 돌봄을 책임져야 한다는 압박이 여전한 사회에서 기본소득은 여성의 노동시장 진출 의욕을 꺾고 오히려 성별 분업을 강화할 것이기에 반대한다는 주장도 있다. 타당한 의심이다.

즉, 기본소득은 차별을 해결할 수 없다. 다만 차별 없이 보장됨으로써 상대적 약자의 위치에 있는 구성원들에게 차별에 저항할 힘을 제공할 뿐이다. 기본소득이 차별과 배제의 기제를 내재한 남성 생계부양자 중심의 정상성(가부장제)을 강화할지 다양한 삶의 양식으로의 해방을 촉진할지는, 기본소득보다는 우리 사회가 얼마나 다양한 삶의 형태를 용인하느냐에 따라 달려 있다. 결혼이나 혈연관계 외의 자유로운 가족 구성을 할 수 있는지, 성별에 상관없이 결혼할 권리를 법적으로 보장하는지 말이다. 기본소득이 고스란히 실질적으로 빈곤의 문제를 해결하려면 주거, 의료와 같은 필수재의 공공성이 반드시 확보되어야 한다. 특히 주거 문제는 빼놓을 수 없다. 국내에서 보육료 바우처 사업이 진행되자 일부 어린이집에서 특별활동비를 올렸던 사례처럼, 기본소득이 지급되면 고스란히 월세 상승으로 이어질지 모른다. 이 불안감을 해소하려면, 임대료 동결 및 계약갱신청구 등 임차인을 보호하는 동반 제도가 필요하다.

기본소득이 자원을 모두에게 고르게 흘려보내는 분배 정책이라면, 차별을 금지하고 필수적인 공공성을 강화하는 것은 기본소득이 선한 방향으로 흐르도록 하기 위한 경로를 설계하는 일이다. 그러므로 우리는 무엇이 선한 사회인지에 대한 규범적인 토론을 우선해야 한다. 이 지점에서 1970년대 영국의 청구인 조합 운동이 보여준 메시지는 재조명되어야 할 필요가 있다. 국가에 의존해야만 살아갈 수 있다고 여겨지는 사람들, 남성의 근로소득에 의존해야만 살아갈 수 있다고 여겨지는 사람들, 그래서 생산하지 않고 사회에 무임승차한다는 멸시를 감당해야 하는 이들이 먼저 '모두'가 기본소득을 받을 권리를 주장하는 용기를 냈다는 사실 말이다. 비혼모들은 국가의 복지 정책이 제공한 수급자의 지위를 청구인의 정체성으로 전환해내며 모든 사람의 권리를 주장하는 목소리를 냈다. 비약을 감수하고 나의 기본소득 활동 경험을 상기하며 말해보자면, 이런 제안의 기저에는 동료 시민에 대한 신뢰, 우리 모두에게 더 큰 권한이 주어질 때 세상이 더 나아지고 나의 삶도 더 안전해지리라는 호혜적인 믿음 말이다.

가능성을 믿을 권리,
불확실성을 수용할 역량

"내가 만약 기본소득을 받는다면, 삶이 어떻게 변화할까요?" 기본소득을 모르는 사람들과 기본소득에 대한 대화를 시작하기 위해 궁여지책으로 만들었던 이 질문은 재작년부터 두 시간짜리 워크숍으로 발전했다. 참여자들이 얼마를 받을지 이야기하는 데 그치지 않고 함께 적정 액수를 합의한 뒤 당장 다음 달부터 5년간 기본소득을 지급받는 상황을 시뮬레이션하며 최대한 구체적으로 계획표를 그리는 과정이었다. 아무래도 기본소득에 관심이 있는 사람들과 진행하는 경우가 많았지만, 기본소득을 전혀 모르는 사람들과 함께할 때도 있었다. 전자와 후자의 결과물은 대개 무척 달랐다.

한번은 아파트 주민들을 대상으로 이 워크숍을 진

행했는데, 그 어느 때보다도 기본소득이라는 개념의 존재 자체를 설명하기 어려운 시간이었다. 특히 눈에 띄게 시큰둥한 표정을 짓고 있던 한 참여자는 여행이며 공부, 다양한 활동들로 계획을 채우는 다른 참가자들과 다르게 저축과 투자로 채워진 심플한 우상향 그래프를 그려냈다. (오로지 재테크로만 계획을 세운 사람은 그 후로도 없었다.) 물론 그 아래에는 수익률에 대한 복잡한 수식이 있었다. 전체 공유 시간에 그는 지금 모으고 있는 돈에 더해서 기본소득을 모으면 복리와 펀드 수익률로 대략 언제쯤 자가 소유 아파트를 마련할 수 있게 될 것이라는 계획을 발표했다.

워크숍의 마지막 세션은 자신의 계획을 회고하면서 내가 기본소득을 통해 선택한 것들이 무엇인지, 거기에서 어떤 개인적·사회적 가치가 발생하는지를 준비된 가치 키워드들 중에 찾아서 연결 짓는 과정이었다. 참여자가 많은 날이라 그룹별 회고를 진행하고 몇 사람만 전체 공유를 진행하기로 했는데, 주변에 앉아 있던 사람들이 위의 '우상향 그래프'의 참여자를 추천했다. 진행자인 내가 꼭 들어야 하는 내용이라는 것이다. 그는 시작할 때보다 한결 밝아진 얼굴로 쑥스러운 기색을 숨기지 못한 채 입을 뗐다.

"만약에 기본소득이 있다면, 저는 3년간 전부 재테크에 투자할 거예요. 그러면 지금 모으고 있는 돈이랑 합쳐서 집을 계획했던 것보다 좀 더 빨리 살 것 같아요. 여기서 제가 발견한 가치는 '안정감'이에요. 집을 사면 제 삶이 더 빨리 안정될 테니까요. 그리고 그다음 발견한 가치는 '관계'인데, 제가 빨리 자리 잡고 싶은 게, 그래야 가족이나 주변 사람들도 챙길 수 있을 것 같아서더라고요. 그렇게 해서 가족들과의 관계가 좋아지면 제 심리적 상태도 더 좋아질 것 같고요. 정리해보면서 알았는데 제가 집을 빨리 사고 싶었던 이유는 주변 사람들이랑 잘 지내고 싶어서였던 것 같아요. 가족들을 그렇게 잘 챙기는 편은 사실 아닌데, 좀 불안해서 그랬나 봐요. 주변이 기댈 수 있는 사람이 되고 싶어요."

얼굴의 환한 기색은 스스로에 대한 놀라움인 듯했다. 당장의 다른 편익들을 미뤄두고서라도 몰두해온 물질적인 목표의 기저에 관계 지향적이고 이타적인 마음이 숨어 있었다는 사실이 그 자신에게도 기뻤던 것이다. 물론 이 짧은 상상만으로 그가 기본소득에 우호적인 입장을 갖게 되었으리라고 생각하지는 않는다. 하지만 그보다 내게 인상적이었던 것은 그가 기본소득을 통해 자신이 삶에서 중요하게 여기는 것을 기억해냈다는 사실이었다. 이 사례에서 나는 우리가 이 사회에서 생존하기 위해 애쓰느라 놓치고 있을 가능성들, 가치들에 대해 생각해보게 되었다.

정책 수요로 봤을 때 그는 안정적인 재테크 수익을 올려서 빨리 집을 구매하고 싶은 30대 직장인 이해관계자다. 금융 상품의 소비자고 공급 중심 부동산 정책의 수요자로 해석될 뿐이다. 하지만 기본소득의 관점으로 보면 '주변 사람들과 서로 돌보며 사는 삶'이라는 욕망을 가진 사람으로 재발견된다. 이런 경험들이 누적되면서 나는 다음과 같은 가설을 갖게 되었다. 빈약한 사회안전망으로 인한 불안과 높은 경쟁의 압력 속에서 좋음에 대한 절대적인 감각을 잃고 특권에 대한 상대적인 감각만 발달된 건 아닐까? 그러는 동안 어쩌면 우리는 그저 자기 자신에게만 열중함으로써 정말로 좋은 사람이 될 기회를 잃어버린 건 아닐까? 만약 우리 사회가 기본소득이라는 약속을 통해 모두에게 안전한 바닥을 보장한다면, '건물주', '공무원'으로 대변되는 안정성에 대한 욕망 너머의 꿈이 발현될 수 있지 않을까?

모두에게 보장되면서 지속적으로 예측 가능하게 지급되는 기본소득은 고용계약의 이해관계 바깥에 있는 시민의 사회적 자리를 만들어준다. 우리 모두에게 노동 이전의 삶, 소비 바깥의 삶의 시간을 보장한다. 이처럼 모두를 위한 기본소득은 각자에게 다른 방식으

모두를 위한 우리 각자의 기본소득

로 좋다. 물론 가능성의 언어가 갖는 정치적 힘은 약하다. 일시적 긴급재난지원금은 사용해봤지만 온전한 기본소득을 통해 자리, 시간, 권리가 주어진다는 것이 무엇인지 우리는 아직 모른다. 하지만 예측 불허의 시대, 기본소득이라는 의제를 통한 동료 시민들 간의 약한 연결고리로 구축된 사회안전망이야말로, 그 어떤 명확한 솔루션보다 강력하고 회복력 있는 시스템일 것이리라고 확신한다. 청구인 조합을 포함해 역사 속에서 기본소득을 주장해온 사람들이 보여주듯, 인간은 믿을 만한 것을 믿기 전에 스스로 무엇을 믿을지 선택하는 용기를 발휘할 수 있기 때문이다. 그리고 지금은 위에서 오는 변화를 따라가기보다 우리가 서로를 신뢰하는 일에서부터 오는 변화가 더 나은 미래를 창출하리라고 믿어야 할 때다. 나를 위해서, 나와 다른 꿈을 가진 이들을 위해서.

백희원

S 006
기본소득 시대

1판 1쇄 인쇄 2020년 9월 28일
1판 1쇄 발행 2020년 10월 7일

지은이 | 홍기빈 · 김공회 · 윤형중 · 안병진 · 백희원
펴낸이 | 김영곤
펴낸곳 | 아르테

문학사업본부 이사 | 신승철
문학팀 | 이정미 김지현
영업본부 이사 | 안형태
영업본부 본부장 | 한충희
출판영업팀 | 김한성 이광호 오서영
문학마케팅팀 | 배한진 정유진
제작팀 | 이영민 권경민

출판등록 | 2000년 5월 6일 제406-2003-061호
주소 | (우 10881) 경기도 파주시 회동길 201(문발동)
대표전화 | 031-955-2100   팩스 | 031-955-2151

ISBN 978-89-509-9168-5 (04810)
        978-89-509-7924-9 세트